UM CORAÇÃO MAIOR QUE O MUNDO

LUÍS AUGUSTO FISCHER

Um coração maior que o mundo
© Luís Augusto Fischer, 2013

Gerente editorial	Fabricio Waltrick
Editora assistente	Fabiane Zorn
Coordenadora de revisão	Ivany Picasso Batista
Revisoras	Flávia Yacubian, Cátia de Almeida

ARTE

Capa e ilustrações	Gabriel Iumazark
Coordenadora de arte	Soraia Scarpa
Assistente de arte	Thatiana Kalaes
Diagramação	Júlia Yoshino
Tratamento de imagem	Cesar Wolf, Fernanda Crevin
Pesquisa iconográfica	Evelyn Torrecilla

CIP-BRASIL. CATALOGAÇÃO NA FONTE
SINDICATO NACIONAL DOS EDITORES DE LIVROS, RJ

F562c

Fischer, Luís Augusto, 1958-
  Um coração maior que o mundo / Luís Augusto Fischer ; [ilustração Gabriel Iumazark]. 1. ed. - São Paulo : Ática, 2013.
  160p. : il. - (Descobrindo os Clássicos)

  Inclui apêndice e bibliografia
  Contém suplemento de leitura
  ISBN 978-85-08-16196-6

  1. Novela brasileira. I. Título. II. Série.

12-7576.
CDD: 869.93
CDU: 821.134.3(81-3)

ISBN 978 85 08 16196-6
CL: 738274
CAE: 272504

2022
1ª edição
7ª impressão
Impressão e acabamento: Vox Gráfica

Todos os direitos reservados pela Editora Ática S.A.
Avenida das Nações Unidas, 7221
Pinheiros – São Paulo – SP – CEP 05425-902
Atendimento ao cliente: (0xx11) 4003-3061
atendimento@aticascipione.com.br
www.coletivoleitor.com.br

IMPORTANTE: Ao comprar um livro, você remunera e reconhece o trabalho do autor e o de muitos outros profissionais envolvidos na produção editorial e na comercialização das obras: editores, revisores, diagramadores, ilustradores, gráficos, divulgadores, distribuidores, livreiros, entre outros. Ajude-nos a combater a cópia ilegal! Ela gera desemprego, prejudica a difusão da cultura e encarece os livros que você compra.

A POESIA QUE O CORAÇÃO TOCA

Esta é a história de Tom. Mas como poderia ser apenas a história de um adolescente de 15 anos, sem que falássemos também de Carlitos, Renata, Amanda e do garoto novo na escola, o argentino Marcelo? Aliás, até o professor, o Daniel, tem parte fundamental em tudo isso.

Tom é amigão do Carlitos, que é apaixonado pela Renata – de quem este já tomou um fora, pois a garota está interessada de verdade no Marcelo. Tom gosta de tocar violão e guitarra, e também gosta da Amanda... mas será que ela gosta dele?

Até aí, os jovens já estariam suficientemente encrencados. Eis que, para complicar ainda mais, Daniel colocou esses cinco juntos para fazer um trabalho sobre Tomás Antônio Gonzaga. E não seria um trabalho qualquer, não: como o ano letivo está quase no fim, o Daniel quer um projeto excepcional, criativo, inovador.

Tarefa difícil. Pra começar, Tom só quer saber de ir pra casa compor suas músicas e pensa nelas o dia inteiro: às vezes, o Carlitos ajuda em uma ou outra, porém ele... bem, o Carlitos até se esforça, mas parece que não vai conseguir fazer pesquisa alguma. Já Marcelo, o argentino, se mudou para o Brasil há pouco e não tem muito entrosamento com a turma: longe de sua pátria e de seus amigos, o degredo do poeta árcade parece ser o único tema que chama sua atenção. Enquanto isso, as meninas se empolgam com a leitura dos poemas de *Marília de Dirceu* – e talvez salvem o grupo – só que falta a grande sacada para um trabalho "genial".

Material pesquisado, informações desconexas... A data de entrega se aproxima, e eles estão completamente perdidos! É então que Renata tem uma ideia e convida os amigos para passar um fim de semana na casa de sua família, na região serrana. Lá, eles teriam mais tempo pra conviver, conversar e poderiam enfim terminar o trabalho.

Todos ficam entusiasmados, mas será que isso vai dar certo?

Em meio a conflitos e descobertas, os estudantes vão aprender muito sobre poesia e arcadismo, através da obra de um dos nossos maiores autores.

Um coração maior que o mundo traz o cruzamento dessas cinco histórias, contadas de um modo descontraído e envolvente, que fará você se sentir conversando com um grande amigo.

Os editores

SUMÁRIO

I - Conhecendo o problema 09
1 11
2 15
3 20
4 25
5 30
6 36

II - Pesquisando 41
1 43
2 48
3 56
4 62
5 67
6 76
7 86

III - Em busca do trabalho brilhante 89
1 91
2 97
3 105
4 111
5 116
6 122

7 129

8 137

Pós-fim 144

Outros olhares sobre Tomás Antônio Gonzaga 147

Bibliografia consultada 157

I

CONHECENDO O PROBLEMA

· 1 ·

Ali está o Tom. Garotão de seus 15 anos, meio cabeludo, mas cabeludo tipo desordenado, sem cortezinho bem-feitinho, bi-bi-bi, nada disso. Interessado em música, ou melhor, na seção da música destinada ao rock, suas variantes e suas vizinhanças, incluindo o blues e alguma coisa do jazz. Toca um pouco de violão, mas só para melhorar o desempenho na guitarra. Teve aulas, mas gosta mesmo é de praticar sozinho, no quarto. (Tem um problema aqui, que depois vamos conhecer: o primeiro professor do Tom foi seu próprio pai, que é violonista e dá aulas na Universidade, no curso de Música. Depois a gente fala disso.)

Ali está o Tom tocando alguma coisa. Qualquer coisa. Uma coisa sem forma ainda.

Ele está tentando compor uma canção.

Ah, bom. Isso explica as idas e vindas, as tentativas e os erros, o lá-lá-lá e o tchururu que ele faz para encontrar o fio da melodia. Meio chato de ouvir, mas ele tá gostando, e gostando bem.

Agora, escuta ali: parece que ele encontrou alguma coisa no meio da confusão de dedos e cordas. Ouve só.

Com a mão direita bate nas cordas, como se o violão

fosse uma guitarra. Mas não é rock tipo pesado, e sim uma balada. Quer um palpite? Vai dar uma canção de amor aí.

Legal, legalzinho. Ele começou a dizer, ou melhor, a entoar umas palavras, acompanhando o som. Palavras que se pode entender:

Esta canção quer te alcançar
É agora, tem que ser agora, é agora
Amor, é difícil de dizer, vem, vem, vem

O sentido ainda não está completo no que ele canta, mas a gente já pode adivinhar que é canção para falar de uma garota, uma menina, do que ele sente por ela. Ou é uma canção para falar *com* uma garota. As palavras vão falando da urgência de se encontrarem os dois, ele e ela. "Tem que ser já", parece que ele entoou.

Será verdade que o Tom tem uma menina por quem está apaixonado?

Pode ser que sim. Depois a gente vai ver o Tom se encontrando com garotas, colegas, com o pessoal da escola, do clube e do prédio. Agora ele está ali, sozinho, acompanhado apenas de seu violão e dessa amada, a amada da canção.

Tom é tipo quieto, na dele. Um pouco tímido? Vá lá: um pouco tímido. De vez em quando fala com segurança e desembaraço, mas não é de sair tagarelando sobre qualquer assunto. Nada disso: ele mede as palavras e só abre a boca quando tem o que dizer.

Isso em público, porque entre os amigos mais chegados é um cara aberto. Com o Carlitos, por exemplo, aí a coisa muda. São amigos há tempos, na verdade desde o primeiro ano, quando eram muito pequenos. As mães eram amigas antes de nascerem os filhos, e continuam assim até hoje.

Agora, os dois são colegas de aula e fazem muitas coisas em parceria, desde tarefas da escola até viagens para pegar onda no litoral, passando por festas e jogos de futebol (por sorte, os dois torcem pelo mesmo time).

Entre o Tom e o Carlitos tem muita diferença de comportamento. Enquanto o Tom é discreto, o Carlitos é do tipo que é notado assim que chega, faz barulho, conversa alto. Tudo que o Tom tem de cauteloso o Carlitos tem de afobado. Até na preferência das matérias escolares eles se dividem: o Tom tem muito gosto por história e português, enquanto o Carlitos se dá muito melhor em matemática e física.

Agora, por que será que a gente se lembrou do Carlitos assim, na maior?

Opa, tem uma razão, sim! É que o Tom largou o violão e se espichou para trás, no quarto dele – ele está no seu quarto, diante da escrivaninha, luz acesa sobre ela, um papel e uma caneta ali, bem na frente dele, enquanto o violão de cordas de aço cavalga sua perna direita; – se espichou para alcançar o celular, que tinha ficado na cabeceira da cama.

Pegou o celular e chamou... adivinha quem. Adivinhou? O Carlitos.

Bola para o Tom:

– Carlitos, meu, você pode vir aqui em casa tipo agora?

– Ih, não vai dar não. Tô saindo agora com a mãe, um troço chato, tenho que ir com ela numa tal médica, pra ver não sei bem o quê. Ela me fez prometer ir com ela, senão ia me cortar um monte de coisas. Tenho que ir. Não tô doente nem nada, mas ela quer que eu veja um troço aí, nos olhos, sei lá. Ela acha que eu preciso usar óculos, já pensou? Minha mãe é *muito* teimosa. E *chata*.

– Deixa pra lá, sem problema. Depois me liga. Ou vem aqui? Vem aqui, no fim da tarde mesmo.

– Vou depois, vou depois, pode contar.

Carlitos era o grande parceiro de Tom inclusive na composição de canções. Eles estão apenas começando, fizeram umas duas ou três tentativas, mas o Tom tem certeza que vai rolar. Ele acha que o Carlitos tem tino, tem jeito pra ajudar na concepção de letras interessantes e tal. Já o Carlitos mesmo não acha que tenha talento para isso, mas pelo amigo ele dá essa mão, claro.

E, bem: não vindo agora o amigão, restou ao Tom voltar ao violão, coçar as cordas um pouco, experimentar outros acordes, umas sequências novas, outro lá-lá-lá, outro tchururu, aquela onda ali. E rever algumas palavras, mexer nelas, agora com a caneta no papel.

Vem, chega mais perto pra ver: não tá vendo? Bem como a gente tinha falado antes:

Esta canção quer te alcançar
É agora, tem que ser agora, é agora
Amor, é difícil de dizer, vem, vem, vem

O Tom tenta e tenta encontrar o fio da meada do que quer dizer, mas não consegue direito. Tá certo que é um cara chamando o amor dele, a amada dele que está meio difícil de aceitar vir. Se fazendo de difícil? De desentendida?

Vá saber. Ainda mais que o Tom não é de se abrir muito nessa matéria de amor, paixão, ficar, sair, todo esse enorme campo de atuação em que o coração é que manda. Se ele tem motivos para ser assim?

Tem sim. Mas isso a gente só vai saber depois, bem depois de passar algum tempo.

• 2 •

Aula de literatura é aquilo: o professor na frente, se esforçando para fazer a garotada entrar em sintonia com o autor estudado, com o texto lido no momento. Ele fazendo força e a garotada, muitas vezes – a maioria das vezes? –, nem aí.

Tá vendo? Olha de novo: o professor gente boa, com uma relação legal com os alunos, mas nem assim ele consegue atrair as atenções como gostaria.

Vamos nos aproximar mais da cena: ali está o professor, que se chama Daniel. Careca, mas com um aspecto muito jovial em seus 40 anos, ele raspa o pouco cabelo que tem em volta da cabeça, tanto quanto raspa a barba. Olhar gentil, sotaque carioca acentuado que contrasta com a melodia da fala dos alunos, o Daniel está falando da literatura brasileira do século XVIII. Falando, escrevendo umas palavras no quadro e esperando que os alunos anotem cada um em seu caderno: arcadismo. Sistema literário: autores, obras e leitores.

O endereço da conversa é Minas Gerais, especificamente a cidade de Vila Rica, que hoje em dia se chama Ouro Preto. Para lá é que Daniel quer levar os alunos, ou melhor, a alma dos alunos. Naquela época, anos 1700 e tantos, era uma cidade vigorosa, capital da província, sede da administração portuguesa e lugar das negociações do ouro que era encontrado com abundância num raio de poucas dezenas de quilômetros.

Os alunos, você sabe, não estão muito empenhados em acompanhar a conversa. Gostam do Daniel, isso é certo. Mas, sinceramente, a manhã de sol está linda, a temperatura é agradável, o ano letivo está em sua última parte nesta primavera. São muitas forças puxando a atenção das meninas e dos meninos da sala para a paisagem que se vê da janela, para a lembrança de coisas vividas ontem e que foram ma-ra-vi-lho-sas, para o desejo de encontrar amigos e sair por aí, passear, ir à festa do sábado.

Daniel percebe a dispersão e não se intimida, nem se aborrece. Sabe como funciona o mundo aos 14 ou 15 anos. Sabe porque se lembra de seus 15 anos, mas também porque tem uma filha de 13 em casa. Sabe porque recorda que também ele não apreciava muito as aulas de literatura quando estava na condição daqueles alunos ali. Sabe de tudo isso, mas resolve tomar uma atitude para reverter a situação.

Olha o Daniel ali.

– Pessoal, este assunto que a gente está começando a estudar vai render bastante. Escutem o que eu estou dizendo. Vamos passar três semanas convivendo com ele e, olha, vai ser legal. Certo?

– Legal como, professor?

Um aluno tomou a palavra para perguntar! Que beleza. Vamos acompanhá-lo, então, pra ver aonde vai a conversa. Fala aí, ô aluno:

– Você quer saber detalhes, Tom?

Nome do aluno: Tom. Muito bem. Fala aí, Tom, responde ao professor.

– Sim, detalhes. A gente vai ter que ler algum livro?

Deu pra ver que outros alunos começaram a prestar atenção à conversa? Pois foi: praticamente toda a turma agora quer saber o que o Daniel vai responder. Daniel fala mesmo:

– O Tom quer saber se vai haver leitura obrigatória de algum livro, certo? Resposta: sim e não.

Agora foi possível ver claramente a cara de tédio de alguns alunos. Pelo menos aqueles lá no fundo, à direita da sala. São uma parte da turma do fundão da sala. Turma do fundão tem em quase tudo que é sala, claro, mas em cada uma tem uma graça especial. O Daniel sabe disso, todo mundo sabe disso.

Volta o Daniel:

– É o seguinte: como eu quero me livrar logo deste assunto, vou propor uma coisa diferente. Vocês se dividam em grupos de quatro ou cinco alunos que eu vou logo dizer o que é pra fazer.

Espera aí: o Daniel disse *mesmo* que quer se livrar logo do assunto? Mas *pode*? Professor falando assim vai gerar o quê nos alunos!? Ele tá de brincadeira? Ou não gosta mesmo do assunto que precisa abordar? Ou ele quer se livrar apenas da organização dos grupos?

Releu ali acima? Pois foi exatamente o que o professor disse: que quer se livrar do assunto!

Onde é que isso vai parar?

Vai parar assim: foi ele falar em "grupo" e o pessoal todo começou não só a falar alto como a se movimentar, arrastando cadeiras e mesas para se juntar com os parceiros. E as negociações?

– A Betinha fica comigo!

– Não, comigo!

– Vamos fazer o grupo do vôlei, todo mundo junto!

– Gustavo, vem cá que estamos contando contigo!

E assim ia, e assim foi.

Enquanto a turma ia consolidando as divisões, fazendo rearranjos e acomodações para ficar na regra (entre quatro e cinco membros cada, sem deixar ninguém de fora), o Daniel ia anotando no quadro:

1. *Tomás Antônio Gonzaga*
2. *Cláudio Manoel da Costa*
3. *Basílio da Gama*
4. *Domingos Caldas Barbosa*
5. *Silva Alvarenga e Alvarenga Peixoto*
6. *Aleijadinho*
7. *Mestre Ataíde*
8. *Tiradentes, padre Rolim e Joaquim Silvério dos Reis*

Terminou de escrever e olhou para o pessoal, que ainda se mexia pela sala, em plena negociação para fechar os grupos. Daniel levantou os braços num gesto que os alunos já conheciam – parecia que ele estava abrindo não braços, mas asas –, sorrisão nos lábios querendo ganhar a atenção e a simpatia de todos.

Os grupos meio que já formados, uns com cinco alunos, outros com quatro, outros com seis.

– Não pode com sete?

É o pessoal lá do fundo que quer saber, para juntar mais um dos bróders.

– Não pode, não – responde Daniel. – Seis no máximo. Melhor cinco.

O grupo do Tom ficou bem aqui pertinho do quadro e da porta da sala. É ele, naturalmente, o Carlitos, mais a Amanda e a Renata, duas amigonas *mesmo*, amigas de total confiança. A Amanda até tinha... Depois eu conto.

Quatro, como dá pra ver e contar. O Daniel olhou para eles e já saiu dizendo:

– Vou distribuir os temas agora, e prestem atenção. O grupo do Tom, Carlitos, Amanda e Renata, tema número 1. O tema número 2 vai ficar com...

· 3 ·

O pessoal do grupo do Tom nem ouviu mais nada. Caiu pra eles, por proximidade geográfica do professor, o primeiro tema, Tomás Antônio Gonzaga. Quem foi esse cara? Era um dos políticos da Inconfidência Mineira ou um dos poetas? Era padre ou advogado? Tudo ao mesmo tempo? Ou nada disso? Na real, ninguém do grupo sabia nada ainda, a não ser que o Tiradentes tinha sido enforcado e fora dentista e militar. Tomás? Nada ainda.

– Dá pra trocar de tema?

Era o Carlitos perguntando, mas só por perguntar mesmo, sem muito interesse nem muita esperança. Perguntou porque sempre pergunta; nem teria uma nova proposta para fazer, caso o Daniel topasse redistribuir os temas. Mas não seria o caso. Perguntou e, como não teve resposta, tascou:

– Cara durão, esse Daniel. Nunca muda de ideia. Cabeçudo.

Não era bem a verdade, porque, na boa, o Daniel era aberto a negociações. Mesmo quando estava convencido de algo, mediante argumentação ele mudava de posição, sem problemas. Claro que não em tudo, muito menos se fosse reclamação à toa de aluno, que – vamos falar toda a verdade

– costuma reclamar mesmo sabendo que não tem a mínima razão. É ou não é?

Mas enfim: os grupos ali quase prontos, e o professor Daniel percebe que um aluno ficou sem grupo, sentadão e quieto, sem se mexer, sem saber o que fazer. Adivinha quem era?

Não vai adivinhar, porque você nunca esteve nesta turma aqui. Mas, se estivesse, ia ser barbada descobrir quem tinha ficado fora de grupo: o argentino. O nome dele é Marcelo Silvera, sem o "i", porque é nome espanhol. Tinha chegado ao Brasil no começo do ano e ainda não estava muito enturmado. Às vezes parecia fazer questão de ficar longe dos outros, mas em outras vezes bem que tentava se aproximar – mas aí era a vez dos colegas sacanearem o menino, falando de futebol, da superioridade brasileira em Copas de Mundo (Brasil com cinco conquistas, Argentina com apenas duas), essa coisa toda que os garotos gostam de fazer, ainda mais quando há um argentino por perto.

O Marcelo era gente boa, mas tinha isso. E tinha mais. Jogava futebol muito bem e falava português com muito sotaque espanhol. Era um cara claramente diferente.

O Daniel repassou os grupos todos, visualmente, e descobriu que o único com quatro membros era, adivinha? O do Tom, Carlitos, Amanda e Renata. Constatou e na hora anunciou ao quarteto:

– Pessoal, com vocês quatro vai ficar o Marcelo, certo? Cinco, no total: ótimo tamanho para um excelente trabalho.

Os quatro se olharam como se dissessem "Por nós, ok", mas no fundo sentindo uma pequena estranheza: nenhum dos quatro tinha, jamais, feito trabalho de grupo com aquela figura. Como seria a experiência?

Enquanto eles processavam a novidade, o Daniel chegou bem perto da mesa do grupo, acenando para que Marcelo se aproximasse. O argentino veio. Logo o professor passou a examinar cadernos, celulares, canetas, coisas que estavam ali, em cima da mesa. Chegando ao ladinho do Tom, viu um papel aberto, com umas linhas escritas, em forma de poema começado:

Esta canção quer te alcançar
É agora, tem que ser agora, é agora
Amor, é difícil de dizer, vem, vem, vem

A nossa conhecida canção, claro. Não estava pronta a letra, nem a melodia; mas estava ali porque o Tom havia justamente pensado em mostrá-la para o Carlitos; queria deixá-la com ele para um pronunciamento, para uma ajuda, para uma mãozinha amiga.

Daniel pegou o papel, sem que o Tom tivesse tempo de esconder aquelas sofridas linhas. Pegou e comentou:

— Isto é seu, Tom?

— Sim, é meu. É um começo de letra, professor.

— É tipo o quê: balada, bossa nova, punk?

— Rock, meu negócio é rock.

O Tom já não era muito de conversar sobre canções suas, imagina então naquela hora, com uma letra mal começada e, pior de tudo, na frente da Amanda e da Renata.

A Amanda.

Aqui você vai me desculpar, mas a gente precisa parar um pouco para explicar. Era uma garota não apenas linda: era linda e também inteligente. E mais: ela era, como vou dizer?, a âncora do Tom, o ponto luminescente da vida do Tom, o foco das atenções mais sutis do Tom, o objeto, vamos dizer logo, do amor do Tom.

Para ser bem honesto, o Tom não diria isso assim, de maneira tão aberta e direta. O que ele sente pela Amanda pertence ainda ao mundo das sombras do afeto; está naquele limbo entre a razão e a sensação; em resumo, é obscuro, perfeitamente obscuro, de forma que nem ele sabe o tamanho do poder desse sentimento.

Mas é ela a razão de ele compor canções, pode ter certeza. (Não falamos da Renata! Ligeirinho: amigona da Amanda, elas se conhecem também desde os anos de antes da escola. Confidentes como sabem ser duas amigas. Solidárias. A-do-ram passar horas em comentários miúdos sobre quem namora com quem, sobre a roupa que vão usar ou que não devem usar, assim como sobre os temas mais pesados e significativos: os amores e os desamores, as famílias e os colegas, o futuro profissional e o casamento – tudo isso passa pelo filtro de seus encontros. E, ah, está faltando uma informação: a Renata é o objeto do desejo do Carlitos. Sim: ele gosta dela, e já havia lhe dito isso, clara e limpidamente. Resposta dela: não estava interessada. Carlitos só sobreviveu a essa recusa porque... Sei lá por quê. Depois vamos descobrir.)

O Marcelo chegou com sua cadeira ao grupo, ainda sob as vistas do Daniel, que recomendou a todos que fizessem o melhor trabalho possível. É pesquisa e pesquisa agora, para uma apresentação dali a três semanas: cada grupo vai ter de vinte a trinta minutos para apresentar o resultado do trabalho para a turma toda.

E tem outra: o Daniel avisa que não quer trabalho convencional. Nada de apenas entregar uns papéis, um relatório frio impresso, nem mesmo um texto com ilustrações, coloridas ou não. Ele quer mais, muito mais:

– Escutem bem: desta vez eu quero o melhor possível de vocês.

E aproveita para dizer em voz alta o suficiente para que todos os grupos o ouçam:

– Pessoal, este vai ser o último trabalho de literatura do primeiro ano do glorioso ensino médio. Não vou aceitar trabalhinho simples, texto mais ilustração, coisa e tal. Quero criatividade. Criatividade! Inventem, sejam ousados, pirem o cabeção, mas me apresentem um trabalho comovente, emocionante, arrebatador! Sejam inteligentes como vocês são mesmo! Não escondam sua qualidade dos outros! E tem mais: os dois melhores trabalhos de cada turma vão ser apresentados para todo o ensino médio da escola, num festival de fim de ano que a gente tá bolando. E vão ganhar um prêmio.

O professor faz uma pausa e arremata:

– Atenção, porque não falta tanto tempo assim para o fim do ano, lembrem-se disso. E o tempo passa rapidinho.

Terminou todo esse discurso com um braço para o alto, o rosto virado para o chão e o outro braço atrás do próprio corpo, tipo roqueiro no final de uma performance. Uma figura o Daniel.

E ainda teve tempo de fazer uma provocação ao Tom, diretamente a ele, mas dita de modo audível para todos os cinco do grupo:

– Este seu textinho aqui – ele com o começo da letra da canção na mão –, deixa eu te falar, meu caro Tom, este texto aqui o Tomás Antônio já escreveu. Sabia? Tô falando sério: tem um poema dele sensacional, que é exatamente a mesma coisa. Começa assim: "Minha bela Marília, tudo passa. / A sorte deste mundo é mal segura"...

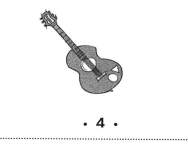

• 4 •

Essa de que um poeta velhíssimo (então o tal Tomás Antônio era poeta!) já tivesse escrito a mesma coisa que o Tom... francamente, não era algo fácil de aceitar. Um poeta do século XVIII! E lá naquela época existia rock'n'roll, Daniel?

Não, não foi essa a pergunta que o Tom endereçou ao professor, que, ainda com a letra do aluno na mão, olhava para ele esperando o efeito de sua provocação. O que o Tom conseguiu perguntar foi bem pouco articulado:

– Como assim?

Pergunta meio torta, mas era o que o Tom conseguia dizer. Na realidade, nem o Tom nem qualquer de seus colegas sequer admitiria a ideia de que um poeta que era tema de trabalho em aula tivesse alguma relação com a vida diária deles, alunos, ali na escola, com suas espinhas e seu suor, com suas roupas diferentes e sua energia, com suas indefinições e sua enorme vontade de abraçar o mundo.

– "Como assim?" Assim: o Tomás Antônio Gonzaga foi um poeta apaixonado, uma grande figura. Escreveu *Marília de Dirceu* completamente enlouquecido de amor por uma moça da cidade dele. Paixão total. E isso sem contar que o Tomás teve um importante envolvimento político com a Inconfidência. Já pensou? Poeta, político, amante... Grande figura, mesmo!

O Daniel sabia vender o peixe dele: com um discurso assim, ele passava a impressão de que ia ser uma maravilha fazer o trabalho.

Mas ia mesmo?

Como que para reforçar o que acabara de dizer, Daniel deu uns passos até sua mesa e de lá voltou com um livro; abriu-o e, folheando-o rapidamente, parou em certa página. Parou e disse que ia ler a "Lira XIV" da primeira parte do livro *Marília de Dirceu*:

> *Minha bela Marília, tudo passa;*
> *A sorte deste mundo é mal segura;*
> *Se vem depois dos males a ventura,*
> *Vem depois dos prazeres a desgraça.*
> *Estão os mesmos Deuses*
> *Sujeitos ao poder Ímpio Fado:*
> *Apolo já fugiu do Céu brilhante,*
> *Já foi pastor de gado.*

Parou, olhou para o Tom e também para os outros do grupo:

— Até que o velho professor aqui não está tão mal de memória, não é? O começo eu lembrei direitinho. Depois segue:

> *A devorante mão da negra Morte*
> *Acaba de roubar o bem que temos;*
> *Até na triste campa não podemos*
> *Zombar do braço da inconstante sorte:*
> *Qual fica no sepulcro,*
> *Que seus avós ergueram, descansado;*

Qual no campo, e lhe arranca os brancos ossos
Ferro do torto arado.

– Entenderam o lance? O cara argumenta que a morte pode chegar a qualquer momento, e por isso eles não podem "zombar do braço da inconstante sorte", não podem dar mole para o azar. Quer dizer: o cara queria namorar já!

Ah! enquanto os Destinos impiedosos
Não voltam contra nós a face irada,
Façamos, sim façamos, doce amada,
Os nossos breves dias mais ditosos.
Um coração que, frouxo,
A grata posse de seu bem difere,
A si, Marília, a si próprio rouba,
E a si próprio fere.

– Tom, escuta essa aqui: olha a cantada que ele dá na amada, olha que beleza, que lindo! Na boa: o Tomás Antônio era meio hippie. Sabe o que é hippie, Tom?

Ornemos nossas testas com as flores.
E façamos de feno um brando leito,
Prendamo-nos, Marília, em laço estreito,
Gozemos do prazer de sãos Amores.
Sobre as nossas cabeças,
Sem que o possam deter, o tempo corre;
E para nós o tempo que se passa
Também, Marília, morre.

– Viu como é meio hippie? Ele convida a amada para fazer um adorno de flores para botar na cabeça, e depois para os dois fazerem "um brando leito" de feno. Quer abracinhos! E tudo isso porque o tempo está correndo contra eles. Lindo. Lindo e meio triste.

Com os anos, Marília, o gosto falta,
E se entorpece o corpo já cansado;
Triste o velho cordeiro está deitado,
E o leve filho sempre alegre salta.
   A mesma formosura
É dote que só goza a mocidade:
Rugam-se as faces, o cabelo alveja,
   Mal chega a longa idade.

Que havemos de esperar, Marília bela?
Que vão passando os florescentes dias?
As glórias que vêm tarde já vêm frias,
E pode enfim mudar-se a nossa estrela.
   Ah! Não, minha Marília,
Aproveite-se o tempo, antes que faça
O estrago de roubar ao corpo as forças
   E ao semblante a graça.

– Viu o motivo de ele querer logo o amor? Ele tem medo da passagem do tempo, que deixa a todos velhos e possivelmente sem vontade de amar. Ele quer fugir da tirania do tempo que passa, quer amar antes de chegarem as rugas.

O Daniel não parou de falar, e os alunos todos – agora não era só o grupo um; praticamente toda a turma estava de ouvidos atentos ao que o professor lia e comentava –, os alunos todos vidrados naquela maluquice que, como sabiam, fazia o maior sentido.

Em algum tempo passado, neste mesmo Brasil, um poeta soube cantar a urgência do amor, e o Daniel estava ali com eles revivendo esse sentimento que, de alguma forma, todos conheciam e respeitavam.

· 5 ·

Ainda impactados pela performance do professor nessa leitura entusiasmada, os alunos começaram a dispersar a atenção, voltando-se cada qual para seu próprio grupo: era hora de tentar organizar minimamente o trabalho que seria feito nas semanas seguintes. No grupo um, os cinco se olharam quando o Daniel, fechando seu livro, retornou à sua mesa. Tom rompeu o silêncio, perguntando ao professor:
– Tudo bem, professor, mas você pode devolver o meu papel?
Daniel sinceramente não tinha se dado conta, mas havia colocado o papel do Tom, com aquele começo de letra, dentro do livro que acabara de enfiar de volta em sua pasta.
– Desculpa, Tom, não percebi.
Furungou na pasta, pegou o papel e retornou até o grupo, dizendo:
– Tom, eu não quis desfazer da sua letra. Pelo contrário, ela tá bem encaminhada, eu acho. Eu só quis dizer que...
– ... que esse Tomás já tinha escrito algo parecido – emendou o Carlitos, meio de sacanagem, antecipando-se ao professor.
– Sim, isso mesmo – confirmou Daniel. – Agora é man-

dar bala e fazer o trabalho. E concluir a sua letra também, Tom! E a primeira pergunta que vocês têm que responder é: por que motivo pessoal o Tomás Antônio Gonzaga escreveu o poema? Por que ele dizia que tinha urgência? Outra coisa: existia uma mulher real atrás daquela personagem? Manda bala na pesquisa.

"Mandar bala" era uma expressão meio velha que o Daniel usava, para a estranheza dos alunos. Coisa de quem tem mais de 40 anos, coisa de velho... não leva a mal.

Agora era com o grupo mesmo: o Daniel tinha se afastado, estava lá passando pelos outros grupos, dando instruções e também falando alto de vez em quando. Para o grupo que pegou o Cláudio Manuel da Costa, o professor recitou, com voz firme e empostada, o começo de outro poema: "Destes penhascos fez a natureza / O berço, em que nasci! Oh quem cuidara, / Que entre penhas tão duras se criara / Uma alma terna, um peito sem dureza!". Ele realmente tinha entusiasmo pela poesia, temos que admitir.

Mas agora era com eles ali. Eles quatro mais o Marcelo, que nem bem havia tido tempo de sentar, respirar e dar um sorriso amigo quando o Daniel já começou com aquela leitura. Certo. E como vão fazer esses parceiros de pesquisa? Vão se dar bem? Vão fazer um trabalho decente? Ou um trabalho excelente?

Muitas perguntas. Calma aí, que já vamos saber de tudo. Agora é hora de prestar atenção ao que eles dizem e também ao que *não* dizem, mas sugerem, com seu jeito de sentar e mexer nas coisas. Você sabe: as pessoas falam com palavras e também sem elas. Não sabe ainda?

Então presta atenção nos cinco colegas, que estão congelados como numa fotografia. Vamos examinar primeiro o Carlitos: ele não está falando nada, mas não para quieto na cadeira. Vira para um lado e depois para o outro; olha para a

Renata e depois para a Amanda; bate com a caneta no cotovelo do Tom, e logo em seguida brinca com o Marcelo, com uma perguntinha idiota como "Que time é teu lá na Argentina?". Fala a verdade: precisava encher a paciência do outro assim? Carlitos é meio irrequieto mesmo. Não é por outro motivo que vira e mexe é mandado para aconselhamento. Agora mesmo ele anda tendo encontros semanais com a psicóloga da escola, reuniões obrigatórias, fora do horário de aula, porque ele aborrece muita gente, especialmente professores. Mas não só eles, como deu pra ver há pouco.

Comparada com Carlitos, Amanda é bem mais tranquila, muito mais. Tanto que, ao ouvir a pergunta maldosa do colega, reclamou direto com ele: "Para de bobagem, Carlitos! Que coisa! Até parece que o Marcelo já não sabe como começa essa piadinha infame!". Ela se comporta de modo bem discreto: tem à frente o caderno de anotações aberto, com os nomes dos cinco componentes do grupo, um em cada linha. Além de não ficar falando à toa, sua postura sugere que está realmente em paz consigo mesma – ao menos agora, na aula.

Menos em paz está a Renata, porque, bem... por um motivo que a gente ainda não tinha levado em conta, mas que agora precisa considerar. É que ela, que rechaçou o Carlitos, conforme ficamos sabendo uns capítulos atrás, ela... tem um indisfarçável interesse pelo Marcelo, justamente essa figura que o professor Daniel botou no grupo 1. Por isso ela está meio inquieta agora: sorri para a Amanda, sorri para o Daniel e espicha o mesmo sorriso para o lado do Marcelo. Mexe muito uma caneta entre os dedos das duas mãos; a caneta tem um penduricalho meio espalhafatoso, chamativo, uma espécie de fio colorido, e ela trança aquilo nos dedos, e depois destrança. Dá pra ver logo que ela está sem encontrar uma posição serena na cadeira e no grupo. Seu corpo fala muito.

O Tom é aquilo: como ele é meio fechadão, nunca se sabe direito o que está pensando ou sentindo. Agora ele está ali, estarrado na cadeira, sentado de modo muito displicente, quase caindo do assento, embaixo, a nuca pendurada no encosto, em cima. Nem fala, nem nada: espera para ver o que vai dar. Na verdade, ele ficou meio sem graça com a revelação da sua letra pelo Daniel. Ele tinha posto aquele papel ali apenas para mostrar ao Carlitos, talvez para tentar criar mais algumas linhas, algo assim. E veio o Daniel e escancarou tudo, mostrando para todos que ele estava compondo uma música de amor...

Ainda bem que a leitura inflamada do professor chamou a atenção para outro lado, e por isso sua letra restou meio esquecida pelos colegas. (Não pela Amanda, nem pela Renata, que depois vão comentar tudo com detalhes. Mas isso é só depois.) Pelo sim, pelo não, o Tom resolveu ficar na dele, sem tomar iniciativa, ao menos neste momento.

E tem o Marcelo. Cara meio enigmático, mas não no mesmo sentido do Tom. O Tom é quietão, mas todo mundo sabe dele, a maior parte dos colegas o conhece há muitos anos. O Marcelo é diferente, em muitas maneiras: chegou da Argentina há poucos meses, com o ano letivo já começado, e ainda tem muitas dificuldades com a língua. Seu sotaque é tão pesado que todos logo reconhecem, e por isso mesmo ele parece evitar falar em público. Na realidade, não tem sequer um amigo na turma. O Carlitos até que se aproxima dele de vez em quando, convida Marcelo para alguma coisa, mas ele é praticamente o único da sala que faz isso.

Diferente é o caso do futebol: quando se trata de jogar bola, o Marcelo é muito solicitado. Joga bem, muito bem, e tem aquela dedicação que a gente encontra nos times argentinos e uruguaios. Ele se entrega; não tem a displicência que em geral os alunos apresentam quando jogam futebol na escola. Para o Marcelo, todo jogo é sério. Por isso sempre é o primeiro, no máximo o segundo, a ser escolhido, quando os times são distribuídos.

Marcelo – que por sinal é quase um ano mais velho que a turma em geral, nasceu em março do ano dos outros, mas estes nasceram de julho em diante – não tem muita ideia sobre o que fazer agora. Além de ser e de se sentir estrangeiro, ele cultiva em sua cabeça uma certeza: quer voltar para Buenos Aires assim que for possível. Ele não sabe se o trabalho do pai no Brasil vai continuar por muito tempo, nem quer saber; ele só pensa em voltar para seu país, sua turma, seus amigos – com os quais, é claro, ele mantém uma intensa relação. Santa internet! Não passa um dia sem que o Marcelo saiba das principais atividades dos amigos lá em sua terra natal, e nem um dia em que ele mesmo deixe de relatar coisas aqui do Brasil.

E tem outra, que ele não confessa direito nem para si mesmo: estando no Brasil há quase um ano letivo inteiro, ele ainda sente saudades – palavra que aprendeu aqui, palavra exclusiva do português – de uma menina, sua vizinha lá em Buenos Aires. Saudades como se sente... da pessoa de quem se gosta muito. Saudades da Paula...

Com tudo isso, nem passa pela cabeça dele qualquer coisa de mais sério envolvimento, nem com a escola, nem com novos amigos, muito menos com um amor duradouro. Com as meninas, o negócio dele é pá-pum, ficar de vez em quando aqui e ali, e era isso. E nem era muito: fechadão como ele, ficava difícil acontecer.

Isso tudo, mais a Paula voltando nos seus pensamentos, de vez em quando...

Tá, mas você quer saber e eu também: esse trabalho de

grupo vai deslanchar ou não? Ninguém vai tomar a iniciativa? Ei, vocês cinco aí, quem vai se mexer?

Agora sim: a Amanda resolve romper o marasmo e, antes de perguntar, começa a definir:

– Bem, tá na hora de distribuir tarefas e marcar prazos. A gente precisa dividir o tema para o trabalho ficar bom. Nem digo excelente, mas bom. Alguém tem alguma sugestão?

• 6 •

Ninguém tinha sugestão alguma; estavam todos fechados, cada um na sua. Por isso, Amanda retomou a iniciativa:
– Bom, pessoal, então eu faço uma proposta: os meninos estudam a vida dele e coisas da história da cidade e da época, e a Renata e eu estudamos a obra. Todos de acordo? Dá pra começar assim?
Era um começo de conversa bem razoável, vamos concordar.
O Tom ergueu o corpo da cadeira, achegando-se; Carlitos abriu um sorriso na direção da Renata, que olhou o Marcelo para saber da reação do argentino. Nenhum dos quatro tinha nada a corrigir na proposta da Amanda.
– Ótimo. Fica essa tarefa para todos nós, e daqui uma semana a gente se encontra para debater o que fazer. Certo? Na boa, quem quiser também dar uma olhada na parte dos outros, pode fazer, claro. Até vai ser bom pra enriquecer o trabalho. O importante é conhecer mais o nosso assunto, e depois ter ideias.
A Amanda não era autoritária nem nada, mas sabia tomar iniciativa, quando achava que cabia. E assim foi.
Aquela aula, a de literatura, era a última da manhã. As-

sim que soou o sinal anunciando o final das atividades, a turma toda se levantou das cadeiras, uns brincaram com os outros, alguns combinaram qualquer coisa com determinados parceiros, e a sala se esvaziou quase imediatamente.

Já viu como fica uma sala vazia, depois de uma aula? Espetáculo interessante. Fica aquela mudez total, ali, no exato espaço em que momentos antes havia aquele bulício da vida; fica um silêncio estranho para quem tiver testemunhado o barulho de poucos minutos atrás. Muitas cadeiras fora do lugar; alguém sempre esquece alguma coisa, por menor que seja; papéis caídos perto do lixo; o puxador da cortina meio estragado pelo uso errado; alguma parede com um risco que vai demorar a sair, o que só ocorrerá na próxima pintura ou numa faxina pesada – que fica para o final do ano letivo.

Pois ali ficou vazia a sala da turma, depois que o Daniel fechou a porta. Em silêncio, como que cansada, exausta do tumulto anterior.

Agora, estão os alunos indo para casa, de carona com pai ou mãe, no transporte escolar, a pé. Indo para o almoço, talvez nem em casa e sim no shopping que fica pertinho, talvez na cantina da escola, para aqueles que têm atividade logo no começo da tarde.

Estão todos com um monte de coisas na cabeça – deveres, pesquisas, problemas, desejos, isso tudo que costuma andar na cabeça de gente viva, ainda mais quando se trata de gente jovem, de adolescentes cheios de energia.

O Tom, por exemplo: lá vai ele de carona com o pai de um amigo, morador no mesmo prédio dele. Quieto, pensando no que vai ter de almoço em casa. Pensando no Carlitos, para quem ele queria ter apresentado o começo daquela letra com mais calma, para ouvir palpites. Já o Carlitos, nada de pensar no Tom; ele pensa na Renata, que visivelmente estava interessada na presença do Marcelo no grupo, e não nele, lamentavelmente.

Renata, por sua vez, já havia chegado em casa, porque morava bem ao lado do colégio e ia a pé – tinha começado a ir a pé naquele ano mesmo, porque sua família chegara à conclusão de que estava na hora de ela experimentar a rua, esse mundo que antigamente era de todo mundo e agora parece dar medo. A Renata de fato foi para casa pensando como era legal ter o Marcelo no grupo, quem sabe isso significaria uma aproximação, enfim, coisas boas como um bom prenúncio. Já o Marcelo pensava, sem muita clareza, em quão distante estava de querer saber o que quer que fosse do século XVIII brasileiro, ou de um poeta chamado Tomás alguma coisa. Que tinha ele a ver com isso?

A única coisa certa era que ele tinha gostado da atitude da Amanda, que, ao contrário dos brasileiros em geral, sempre lentos para decidir e agir, era uma pessoa de atitude, direta, sem frescura. Ele tinha gostado da iniciativa, do jeito claro e preciso dela. A pesquisa por certo ia ser meio aborrecida, *"aburrida"*, mas que se podia fazer? Ele tinha aprendido em sua escola primária, lá na Argentina, que tarefa escolar era para cumprir, o mais rápido possível, de preferência no mesmo dia que tivesse sido dada.

Vamos combinar uma coisa, então, leitor: vamos deixar os cinco chegarem em casa tranquilos, almoçarem, conversarem com a família, brigarem com seus irmãos, ligarem e desligarem a tevê, furungarem na internet, seja o que for. Depois vamos ver se rolou alguma coisa que preste na vida deles.

"Que preste", digo, no sentido da nossa história, claro. Não estou aqui para julgar esses queridos adolescentes, com suas ideias meio malucas e suas comoventes hesitações.

E, por outro lado, é claro que não vamos ficar aqui sabendo de tuuuuudo que eles fazem. Meu caro leitor, é melhor os caras viverem lá suas vidas, sem a nossa presença xereta. Vamos deixar os caras em paz, pô. E nem um romance como este aqui serve para a gente fazer relatório de tudo – uma boa história funciona com o essencial, certo? Adiante, então.

II

PESQUISANDO

· 1 ·

O professor Daniel costuma almoçar no shopping perto do colégio, sozinho. Prefere o relativo anonimato da praça de alimentação ao almoço na cantina da escola, onde é certo que vai encontrar alunos, pais que são ex-alunos, outros colegas, um monte de gente. No shopping, dá pra ficar consigo mesmo por uns minutos. Certo que muitas vezes é reconhecido, mas também certo que muitas outras não. Daí fica na dele, quieto, sem falar – professor fala pra burro, já viu? Então, na hora de refeição, ele meio que descansa de sua própria voz. Lá vai o Daniel para ficar, então, sozinho.

Sozinho, mas sempre lendo alguma coisa, no mínimo uma revista, na maioria das vezes um livro. É daqueles professores de literatura que gosta de ler, é meio tarado pela leitura. Assim deviam ser todos os professores, não só os de literatura nem só os de português, mas todos: os de inglês, os de física, os de educação física, os de matemática... Ler é tão bom para a inteligência que sinceramente não dá pra entender como é que alguém que sabe ler pode passar muito tempo sem a companhia de um livro. De qualquer assunto, digo: pode ser romance, mas pode ser reportagem, poesia, ciência, qualquer coisa.

Mas tá bem: é hora de parar com essa conversa aqui e acompanhar o Daniel. Olha ele ali, quietão na fila para pagar o prato que acabou de montar no restaurante a quilo da praça de alimentação do shopping. Ele atento aos movimentos da mulher que está na frente dele, na fila. Ele parecendo abstrato, sem fixar a atenção em nada.

Estará se lembrando dos alunos? De algum em particular? Pode ser, mas pode não ser também. Professor costuma ter muitos alunos, sabe como é. Não é das coisas mais fáceis pensar em cada um deles.

Mas curiosamente ele está, sim, pensando em um aluno em particular. Sabe qual? Eu sei – eu sou o narrador, meu caro, e posso saber tudo, tanto das coisas do mundo exterior quanto as do mundo interior, aliás, as dos mundos interiores, de qualquer dos personagens. O Daniel ali, nem adianta olhar, porque ele não dá pinta de que pensa em algum aluno específico... mas ele de fato está lembrando daquele começo de letra do rock apenas iniciado pelo Tom.

Qual será o rumo daquele texto? Qual será o rumo daquele aluno?

Mas é uma lembrança que vem e vai embora rapidinho, como tanta coisa na nossa cabeça, a cada dia.

Daniel gosta tanto de ser professor porque tem um sentimento apropriado para a profissão: quer dar o seu melhor para os alunos encontrarem, por si sós, o rumo mais adequado para suas vidas. Não quer que todos sejam iguais a ele, mas que saibam estudar e aprender para se colocarem bem na vida, com inteligência e sensibilidade, e também com solidariedade. Assim simples, assim complexo. Daniel quer bastante, como toda pessoa inteligente.

Enquanto ajeita a bandeja com o almoço sobre a mesa, de forma a fazer lugar para a revista que comprou logo antes de entrar na fila para a comida, Daniel balança os ombros, com certa regularidade, como se fossem manivelas. Para relaxar a tensão, que sempre se acumula bem ali, nos músculos do pescoço e do ombro.

Agora, tudo pronto para começar a comer e a ler.

Só que tem uma coisa: antes de abrir a revista, o pensamento do Daniel viajou um pouco para trás e foi aterrissar lá na aula que ele acabara de dar. Sim, a mesma que nós presenciamos aqui, em parte. Ele distribuindo os trabalhos pela turma, organizando os grupos, repassando os tópicos de pesquisa para cada um. Essa viagem o levou a abrir, antes da revista, o caderno de notas que sempre, em qualquer momento do dia, carrega consigo. Só mesmo no banho e na cama é que o famoso caderno de capa preta fica longe dele.

Anotou uma lembrança, como costuma fazer – nem que seja apenas na forma de umas palavras, uma frase, às vezes um esquema, que serve para depois desenvolver, numa aula, num texto. É sério o negócio: tanto o Daniel anota que no escritoriozinho dele há uma fila de quase vinte desses cadernos já, sempre de capa dura, sempre com anotações dentro, e muitos deles com papéis soltos pelas páginas – uma nota fiscal, um talão de alguma coisa, uma propaganda. Tipo marcas do tempo, sabe como é?

Bom, o Daniel abriu o caderno agora para anotar algo sobre o assunto da pesquisa de seus alunos. A anotação ficou mais ou menos assim, olha:

1. Arcadismo: ouro em Minas, séc. XVIII > primeiras cidades populosas no interior do BR > interiorização da administração colonial
2. Ouro BR > Portugal > Inglaterra >> Rev. Industrial

3. Sistema literário (A. Candido): autores, obras e <u>público leitor</u> pela 1ª vez no BR

4. Independência USA 1776 + Rev. Francesa 1789 >>> Inconfidência Mineira e seu projeto de <u>independência para o BR</u>

Escreveu isso e olhou de novo para o conjunto. Era isso mesmo! Algumas coisas talvez o leitor nem entenda agora. "Sistema literário" é o quê, afinal? Qual a ligação entre cidades populosas, ouro brasileiro, revolução industrial, público leitor e independência do Brasil? Ah, por certo o Daniel explicaria isso, quando chegasse a hora.

O caso é que ele não queria esquecer algumas coisas, ou não queria perder certa sequência de itens, talvez para lembrar de tópicos que precisaria abordar em uma exposição oral diante dos alunos, ou sugerir para os grupos.

Olhou de novo, folheou para trás um pouco o caderno, em busca de nada em específico – Daniel gostava de rever seus rabiscos, meio que revivendo os momentos de cada anotação. Era uma forma de ter o passado bem junto de si, naquelas notas.

Aliás: "tomar notas" é uma atividade que o Daniel considera realmente imprescindível. Mais do que escrever por extenso, até. Uma vez ele tinha lido num texto do Ivan Lessa algo assim, e tinha tomado para si essa verdade.

Agora dá para fechar o caderno e abrir a revista, para realmente começar a comer seu almoço. Vai lá, Daniel.

Quando acabar o almoço, o Daniel vai passar no supermercado, para fazer as compras para a família. Hoje é um dos raros dias em que não tem aulas de tarde – mas tem de noite. Então ele vai comprar comidas e outras coisas necessárias, depois vai para casa, onde sua esposa não estará, porque trabalha das 10 às 18 horas, praticamente sem intervalo a não ser para um breve lanche. Eles têm uma filha de 13 anos, que estará na escola quando ele chegar em casa.

Ele vai então guardar as compras nos devidos lugares e vai se dirigir até o quartinho que antes era um depósito e que ele transformou em um microescritório. Vai ligar o computador, ler e responder e-mails, passear por alguns sites de que gosta, ler isso e aquilo, e por fim preparar aulas. Se sobrar tempo, irá corrigir alguns trabalhos de alunos, que precisa devolver na outra semana – mas não custa adiantar o serviço.

Mesmo com tudo isso, vai permanecer na cabeça dele a figura do Tom, o autor daquele começo de letra. O rosto do aluno meio contrariado quando ele pegou o papel e fez aqueles comentários breves e abruptos. Na verdade, Daniel vai se culpar um pouco porque tem a sensação de, por assim dizer, ter atropelado o Tom: pegou o papel, leu e logo saiu dizendo que o velho poeta Tomás Antônio Gonzaga havia já escrito algo naquela linha. E então vai se dar conta que deve ter deixado o rapaz meio inibido, talvez chateado e – na pior hipótese – bloqueado em seu texto.

Será mesmo?

Ou o Tom poderá estar tranquilo, pesquisando o que precisa pesquisar? E os outros?

• 2 •

Do Tom vamos saber logo em seguida, assim como de todos os demais componentes do grupo. Agora vamos ver o que o Marcelo, nosso argentino que vive no Brasil desde o começo deste ano letivo, está fazendo.

Marcelo, assim que terminou o almoço, foi para a internet. Faz já uns três anos que tem computador pessoal em seu quarto, depois de ter passado algum tempo usando o computador ou da mãe, ou do pai, ou de sua irmã do meio, também chamada Paula, como aquela por quem seu jovem coração suspira, sem dar muita pinta. A irmã Paula, por sinal, agora nem mora mais com a família, porque descolou uma bolsa para estudar um ano na Inglaterra. Marcelo também não precisa mais compartilhar o computador com o irmão mais velho, Santiago. Marcelo então lê e-mails e mensagens dos amigos, passa os olhos em alguns sites e blogs argentinos, e com isso fica confortavelmente em dia com as notícias de seu país, dos amigos, de sua cidade, de seu time. Já vimos isso, mas podemos voltar a dizer: ele está no Brasil porque seu pai veio para cá, a trabalho, e com ele vieram os filhos, o Marcelo, que é o mais novo, e Santiago, o mais velho, que está já na universidade, cursando Relações Internacionais, e a irmã, que, bem, já falamos nela.

Assim como o pai veio para cá, ele pode retornar para lá, Marcelo sabe. A saída de Buenos Aires tinha sido meio traumática, pois precisou abandonar rápido demais seus amigos, seus planos, sua rotina, seu clube de futebol do coração, o Independiente, e até mesmo aquela que era um projeto de namorada, meio de verdade, meio de brincadeira ainda. Não era um lance assim definitivo, mas enfim o que é mesmo definitivo nesta vida, ainda mais na idade dele, 16 anos?

Na verdade, tudo que o Marcelo quer é voltar para a sua cidade. Ele até já conhecia alguma coisa do Brasil: passara três verões em praias de Santa Catarina, com os pais e sempre com mais gente, irmãos, parentes, amigos, todos alugando casas e apartamentos próximos uns dos outros na praia de Canasvieiras, por exemplo, onde no verão parece que se fala mais espanhol do que português. Ao menos é o que parecia, pois quase nunca, nesses três verões, entrou em contato de verdade com brasileiros. (A não ser uma vez, quando foi assaltado por um menino bem menor que ele, mas armado. Marcelo não gosta nada dessa lembrança, ainda se assusta com ela.)

Já conhecia, mas nunca tinha sequer imaginado morar aqui. Para falar toda a verdade, ele não gostava do Brasil. Achava as meninas apreciáveis, é claro, mas nada que se comparasse às garotas portenhas. O país dos brasileiros também tinha atrativos grandes, é claro, ainda mais para quem, como ele, estava começando a pensar no futuro, escolher profissão, fazer faculdade, esse troço todo... mas ele não tinha qualquer interesse em conhecê-los. Para quê? Seu negócio, no fundo da alma, era simplesmente voltar a Buenos Aires, o mais rápido que pudesse.

Nesse desejo de retorno havia algo que ele mesmo não conseguiria explicar, se alguém perguntasse. Ah, quem sabe a gente pergunta pra ele, então? Vamos lá, de brincadeira:

"Diz aí, Marcelo, qual é o problema com o Brasil?". Bem, se ele conseguisse formular, explicitar, descrever, ele responderia assim: "Tem alguma coisa na paisagem brasileira que não combina comigo. Buenos Aires é uma cidade em que as pessoas andam pelas calçadas, tomam ônibus e metrô, convivem com os edifícios e as praças – e tudo isso é bem raro no Brasil. Sem contar que, olha, cidade tem que ser plana, como Buenos Aires, e não cheia de altos e baixos, como são quase todas as cidades brasileiras. Sei lá, eu tenho vontade de viver naquela cidade, que para mim é como tem que ser uma cidade".

E agora, além de estar longe de sua cidade querida, putz, ia ter que pesquisar alguma coisa sobre... como era mesmo? Um sujeito chamado Tomás Antônio Gonzaga, poeta do século XVIII! Era uma péssima perspectiva.

Mas a gente precisa reconhecer que uma coisa na vida do Marcelo e de muitos de seus colegas na Argentina é realmente interessante: ele não deixava os temas e as tarefas penduradas até a véspera da entrega. Assim seria com o, como é mesmo?, Tomás Antônio...

Lá foi o Marcelo, direto para a internet. Na Wikipedia, em espanhol, é claro, digitou o nome do poeta brasileiro, e o que apareceu foi uma página com uma frase latina de que ele nunca tinha ouvido falar: *Libertas quæ sera tamen*. O texto dizia: *"Libertas quæ sera tamen, usualmente traducido del latín como 'Libertad, aunque venga tarde' o 'Libertad, aunque tardía', es el lema del Estado brasileño de Minas Gerais. Fue propuesto por los rebeldes de la Inconfidencia Mineira para la bandera de la república que pretendían crear en la Capitanía de Minas Gerais en 1789. La expresión latina terminó siendo usada en la bandera del Estado en el que se transformó la Capitanía del Imperio del Brasil".*

Seguindo a leitura, Marcelo entendeu que havia na frase (e em seu uso) uma espécie de erro, já na época. A inscrição na bandeira, tirada de um poema de Virgílio, segundo alguns conhecedores de latim, estava errada: *"Libertas qua e sera"* já significava "Liberdade ainda que tardia"; aquele *"tamen"*, que significa "porém", estava sobrando. Mas a escolha dos caras tinha sido o trecho todo, incluindo o polêmico *"tamen"*, e assim permaneceu, pelos tempos afora.

No fundo, Marcelo gostou de saber dessa história, da trajetória de um erro de tradução ou de interpretação. Dizia o site que aquela frase tinha sido proposta, como lema, por um poeta, Alvarenga Peixoto, e que havia sido aprovada por dois outros poetas, Cláudio Manuel da Costa e... aí estava o homem: Tomás Antônio Gonzaga. Depois o texto entrava em detalhes sobre a tradução, e o Marcelo, não custa dizer a verdade, perdeu a paciência e o interesse.

Mas bem, ali estava uma primeira informação, aliás, as primeiras, no plural: o Tomás esteve envolvido numa espécie de rebeldia, o que já era um sinal de alguma coisa, talvez certa valentia. Quem sabe o cara fosse um herói mesmo, um tipo de conquistador?

Pensou "conquistador"' e uma luzinha acendeu em sua memória: seu próprio país tinha nascido da ação de alguns conquistadores espanhóis, que fixaram fortificações em determinadas partes do território, que era já povoado por índios – como o Brasil e toda a América, claro. Isso ele lembrava. Mas o que havia ocorrido na Argentina na mesma época em que Tomás Antônio Gonzaga atuava no Brasil? Algo parecido? Uma rebeldia dessas, como a que deu origem à frase latina mal traduzida?

Esse procedimento de pensar na Argentina a cada tanto, sempre que precisava estudar alguma coisa sobre o Brasil, especialmente da história, tinha virado uma rotina na cabeça do Marcelo. Era uma forma, talvez, de ele nunca perder de vista seu país e, ao mesmo tempo, de entender o Brasil por contraste com a história argentina.

Ainda na internet, logo deparou com uma data, que na verdade ele já tinha aprendido na escola, mas sinceramente havia esquecido: em 1776, Buenos Aires tinha subido de importância na América espanhola, porque passou a ser capital do Vice-Reinado do Prata. Bem na mesma época em que, no Brasil, vivia o poeta da pesquisa.

Agora, poeta argentino no final do século XVIII, pelo jeito, não tinha havido não. Por quê? Vá saber. Em todo caso, como já aprendera a fazer, sempre comparativamente, Marcelo anotou esta questão em seu caderno: se no Brasil tinha existido um grupo de poetas, contemporâneos daquele Tomás, também em seu país existiram poetas? Ou não? Se não, por quê? Ia levar o problema para a turma e para o professor, com toda certeza.

(O Marcelo, ao contrário do leitor e de mim, que conto esta história, não leu, evidentemente, as anotações que o Daniel fez em seu caderno no capítulo anterior. Por isso, nosso argentino não vai relacionar a existência do grupo de poetas em Minas, no final do século XVIII – por sinal, poetas leitores do latim –, com o fato de que havia ali cidades populosas, que giravam em torno do ouro. Este nexo ajudaria o Marcelo a entender parte do mistério, tanto no que diz respeito à existência de poetas no Brasil, como no que se refere à inexistência de um grupo importante de poetas em seu país natal: lá não houve nada parecido com o ciclo do ouro brasileiro, com tudo que isso implicou, especialmente o enorme desenvolvimento de algumas cidades. Por exemplo, Ouro Preto: antiga Vila Rica, o núcleo se tornou sede da fiscalização portuguesa, lugar em que se negociava ouro, em que os tribunais funcionavam, onde ficavam os soldados, onde ficava tudo que fica numa cidade, bodegueiros, fazedores de telhados e de utensílios, ferreiros e carpinteiros – aquele bando de gente que vive em qualquer cidade. E é na cidade que circula a literatura, porque é nela que vivem as pessoas que sabem ler e escrever. Não tem literatura impressa no sertão, no meio do mato, na floresta, entende como é? A paciência do Marcelo para a pesquisa do assunto se esgotou de novo. Era um tema árido, que dificilmente despertaria interesse num sujeito como ele, não só por ser um adolescente como por ser um estrangeiro. Os brasileiros que se virassem para entender aquela história.

Mas, enfim, nosso argentino de todo modo tinha sido bem-educado, tinha aprendido que um trabalho dado em aula deve ser abordado no mesmo dia, em casa, nem que seja para apenas anotar coisas. Era a melhor maneira de não perder o calor da hora, de não deixar escapar a lembrança das coisas ditas pelo professor, enfim, não deixar morrer o interesse. Então, esforçando-se um pouco mais antes de pegar suas coisas – olhou o relógio, constatando que eram quase três da tarde, já! – e ir jogar tênis no clube, deu mais uma mexida nas páginas da internet, em busca de algo mais.

Chegou numa biografia do próprio Tomás Antônio, encontrada no site de uma universidade, por sinal lá de Minas Gerais. Estava em português, claro, mas ele não tinha problema em ler na língua local. Ali, ficou sabendo mais: que o poeta havia se envolvido na tal Inconfidência Mineira (e o que significava, mesmo, "inconfidência"? O contrário de "confidência"? Em português, essa palavra significava o mesmo que em espanhol? Ia ter que descobrir), mas não era um político destacado. Era juiz de direito, nascido em Portugal e vivendo no Brasil havia já alguns anos.

Tinha por volta de 40 anos quando se apaixonou por uma moça da cidade de Ouro Preto, a principal da região naquela época. Era a sede administrativa do reino português para a atividade de fiscalizar o ouro, não o preto, mas o dourado mesmo, encontrado em abundância por ali. (Luzinha na cabeça: tinham encontrado ouro, alguma vez que fosse, na Argentina? Marcelo não lembrava de nada parecido com isso na história que havia aprendido na escola, mas recordou que o nome de seu país tinha tudo a ver com um metal precioso: *argentum* significava "prata" em latim, e daí veio o nome da Argentina. Mas, na verdade, em seu país nunca existiu prata, ao contrário do que ocorreu em Minas com seu ouro real. Sortudos, os brasileiros.)

Mas – ele leu mais um pouco – o namoro não era muito bem-visto pela família dela. Para piorar tudo, quando aconteceu a tal Inconfidência, Tomás Antônio foi preso e afastado não só da cidade (ficou no Rio de Janeiro, por um tempo; depois, foi exilado para a África) como ainda de sua namorada, Maria Joaquina.

Exilado... Afastado da namorada...

Marcelo entendia bastante bem o que isso significava. Ele se sentia meio assim, vivendo num país que não era o seu, no qual não desejava viver, e longe de sua Paula. Bem, não era bem "sua" – mas até que podia ser, podia vir a ser, por que não?

Conhecia mais ainda: seu avô materno tinha sido um exilado político, que veio viver justamente no Brasil, em São Paulo, durante alguns anos, em função da ditadura militar de seu país. Marcelo nunca conheceu esse avô, que morreu no Brasil sem poder ver os netos, Marcelo entre eles. Morreu longe de sua terra natal, da família, dos amigos. Teria sido bom conhecer esse vô, claro: ele teria muito a explicar sobre o Brasil – e sobre a Argentina também.

Na mente de Marcelo, nessa hora, Tomás Antônio ganhou o rosto de seu avô. O rosto que ele conhecia desde pequeno, no porta-retratos que a mãe deixava em sua cabeceira. Um retrato de saudade.

Isso e mais a Maria Joaquina, que agora tinha o rosto da Paula, na mente do Marcelo.

Três e tanto, quase três e meia, o tempo passa: hora de raquete e bolinhas. Bater com força contra o paredão até encontrar um parceiro, se tiver sorte.

· 3 ·

Deu pra ver que o Marcelo tem uma virtude apreciável: não deixa acumular trabalho. Aprendeu a encaminhar logo as tarefas de casa, as exigências da escola. Isso lhe permitia desfrutar certa tranquilidade, ao longo do tempo. Ao contrário de outros, que deixavam tudo para depois, tudo em cima do laço, já com a corda no pescoço.

Quer um exemplo? Tá aqui ele: Carlitos. O tipo do cara que realmente não fazia as coisas com tempo. Tarefa escolar, então, era um terror: ia se lembrar de fazer tudo na noite anterior, muitas vezes já passando da hora de dormir. Batia na testa quando a mãe perguntava se ele não tinha esquecido nada, corria para o caderno e a agenda, e, pode apostar, sempre tinha. A mãe parecia ter um faro incomum para isso. Ela ia lá e descobria que Carlitos precisava fazer uma redação sobre algum tema complicado pra burro, ou um trabalho medonho de matemática, ou uma pesquisa pesada para alguma matéria...

Saco. Ele emburrava, perdia um tempo enorme se explicando para a mãe, que, vamos dizer toda a verdade, era uma mulher bem legal: não só não enchia o saco do filho como ainda o ajudava – ajudava mesmo: procurava material, acendia a luz da escrivaninha para ele, levava-o até lá e ia para a cozinha, em busca de um chazinho, um suco e até mesmo de um refrigerante para aquele atrasado. Amor de mãe, sabe como é.

Nesse dia foi assim, em parte: Carlitos chegou em casa, almoçou muito bem – era um cara de apetite sempre aberto –, trocou umas palavras com a mãe (o pai dificilmente almoçava em casa, preferia ficar perto do Tribunal onde era juiz), elogiou a comida da Rosane, a empregada, e foi para o quarto.

Eu ia dizer que ele deitou na cama, mas seria pouco: exagerando um pouco, ele afundou na cama. Ficou como se fosse um travesseiro ali, paradão, com a cara enfiada no pijama dobrado, os braços ao longo do corpo, sem se mexer. Respirava, é claro, mas só porque era estritamente imprescindível.

Lembrou-se do trabalho? Nada. Ficou como uma... uma planta. Uma planta, um ser inanimado, que, uma vez colocado num lugar, ali permanece até que um agente externo o mova.

Agente externo não haveria nas horas seguintes, porque sua mãe, assim que terminou o almoço, deu tchauzinho, anunciou que ia passar a tarde toda fora, num contato comercial para a loja que possuía (negócio de roupas femininas), pegou o carro, e já era. Carlitos, então, ficou com grande chance de dormir a tarde toda.

Mas, curiosamente, não foi o que rolou. Uma luzinha (que nós aqui podemos dizer que era meio parecida com a que acendeu na cabeça do Marcelo), mais ou menos na mesma hora, deu as caras na lembrança do Carlitos-planta. Para fazer um pouco de literatura, diríamos que surgiu das profundezas dele mesmo uma voz, uma voz fininha, que tomou a palavra para dizer: *trabalho de literatura... Tomás Augusto Gonzaga... Renata...*

Renata! O trabalho de literatura! Aquele poema que o

Daniel leu na aula, um troço lá falando de uma Marília! Tomás Augusto!

Teve esse tumulto na cabeça, mas não saiu correndo. De todo modo, abriu um olho, ajeitou melhor o rosto no travesseiro e, ainda deitado, pensou: "Que catzo é que a gente tem que fazer mesmo?". A reação a essa inquietação podia ser, como sempre acontecia, deixar para depois; mas neste caso não: virou o corpo completamente, deitando-se de costas, meteu um dos braços atrás da cabeça e começou a costurar mentalmente as coisas: Renata no mesmo grupo dele, da Amanda e do Tom, mais o Marcelo; trabalho sobre o tal Tomás alguma coisa; pesquisar; *fazer um trabalho interessante*, como disse o Daniel. Renata, cruel com ele, mas mesmo assim linda e gata...

Você pode até achar demais, conhecendo a peça como já conhece. Mas a verdade é que ele ainda ergueu o corpo da cama e foi até a escrivaninha, onde ligou o computador e se dispôs a pesquisar um pouco.

Digitou no campo de pesquisa: "Tomás Augusto Gonzaga".

Veio uma resposta inesperada: só um endereço, nada a ver com poesia nem com nada. Uma tênue voz em sua consciência o fez duvidar: "Errei o nome do cara?". Abriu o caderno e lá estava: Tomás *Antônio* Gonzaga. Antônio, pô, nada de Augusto.

Carlitos simplificava as coisas quando podia. Nesse caso, anotou "TAG" e passou a pensar com essas três letrinhas o nome do poeta mineiro. Gostou da brincadeira, ainda mais que TAG era palavra conhecida, os tais hashtags das redes sociais, a "question tag" do inglês, tudo isso. Nada a ver, na real, com o Tomás Augus... Antônio Gonzaga. Mas era uma boa.

Mas, ah, vocês pensam que conhecem o Carlitos. Pensam! O cara é muito, mas muito dispersivo, mesmo. Fixar a atenção em alguma coisa é raro na vida dele. Ao memorizar "TAG" ele simplesmente se esqueceu do que significava a sigla por extenso, deixou para lá a necessidade de ir atrás do Tomás verdadeiro e ficou perambulando à toa pela internet. Primeiro entrou num site de uma marca de relógios suíços; viu que dava para ler tudo em várias línguas, e clicou em cima do que lhe pareceu ser russo; curtiu um pouco ler sem entender nada. Em seguida encontrou um link para a Fórmula 1, que utilizava cronômetros dessa marca, e lembrou que tinha marcado um site interessante de apostas para a competição. Dali, depois de uns minutos, pulou para um site de futebol, inglês, muito engraçado, contendo desde fichas de craques do passado até tabelas de campeonatos mundo afora; dali viajou até a página da FIFA, porque se lembrou de ver o que a entidade tinha postado ali sobre...

O Carlitos é assim, galera. Não adianta se irritar com ele. Espera, que daqui a pouco ele se aquieta e vai se lembrar do trabalho de literatura.

Não falei? Olha ele ali, agora, digitando direitinho "Tomás Antônio Gonzaga" no campo de pesquisa. E aí começou a entrar por outros caminhos, mais próximos do que efetivamente interessava para o trabalho. Leu trechos da biografia do poeta mineiro numa enciclopédia on-line, depois viu que havia alguma coisa sobre ele no site da Academia Brasileira de Letras, e foi até lá. Anotou algumas datas e informações no caderno, debaixo da sigla TAG: nasceu na cidade do Porto, Portugal, em 11 de agosto de 1744, filho mais moço de seus pais, o carioca João Bernardo Gonzaga (1710-1798), licenciado em Leis e magistrado (e também filho de magistrado), e a portuguesa Tomásia Isabel Clark (1707-1745), por sinal prima-irmã do marido, filha de um comerciante inglês. Tomás ficou órfão de mãe com poucos meses de idade. Na infância, em função do trabalho do pai, viveu no Brasil muitos anos, dos 8 aos 17, o que quer dizer que, até essa idade, sabia mais do Brasil que de Portugal. Morou em Olinda, Pernambuco, depois em Salvador, mais adiante no Rio de Janeiro. Voltou para Portugal em 1761, para formar-se em Direito, em Coimbra. Namorou a Mariazinha dos Anzóis Pereira...

(Calma aí: não estou dizendo que o nome da amada dele era esse mesmo. Gente apressada. Foi uma brincadeira. Experimenta digitar lá no mesmo campo de pesquisa esse sobrenome brincalhão aí de cima, "dos Anzóis Pereira". Experimenta, vai. Depois me conta.)

Na pesquisa, Carlitos constatou, como o Marcelo também tinha percebido, que o cara andou metido na política. Também não entendeu direito o termo "Inconfidência", mas não se deu ao trabalho de abrir o dicionário que tinha instalado no computador, para verificar o sentido da palavra. Furungando no assunto, deu de cara com o nome do traidor, o cara que sacaneou os rebeldes abortando a pretendida revolução, que significaria a independência do Brasil: Joaquim Silvério dos Reis. Ficou brincando mentalmente: silvério, silveira, silvera. Pronunciou "silvera" com o sotaque do Marcelo, que tinha mesmo esse sobrenome e dizia "silbêra".

Para falar bem a verdade, o Carlitos não articulava muito as informações históricas. O negócio dele era a dispersão, como já dissemos. Ele nem se deu o trabalho de relativizar um pouco algumas afirmações, como as que opunham "Brasil" a Portugal. O caso, meu caro leitor, é que não existia ainda um país chamado "Brasil". Isto tudo aqui era parte de Portugal, uma colônia, uma extensão. Claro que se falava em "ir ao Brasil", mas nisso não havia a noção de "ir a um outro país". Entende como é?

Carlitos estava cometendo aquilo que os historiadores chamam de anacronismo: chamar o território português na

América de Brasil, como coisa separada de Portugal, leva a erro, porque dá a impressão de uma separação que não existia. Não existia, mas Tomás Antônio Gonzaga e seus parceiros queriam que viesse a existir. Em suma, esse era o negócio da tal "Inconfidência Mineira", o projeto de independência que gorou, que não rolou. Projeto que levou o famoso TAG para a cadeia e depois para o exílio, porque...

Espera aí; depois falamos disso.

Não foi no site da Academia Brasileira de Letras que o Carlitos leu, e ele nem seria capaz de dizer em qual site foi, mas é certo que em alguma das páginas por onde andou navegando leu alguma coisa sobre música; anotou assim: "Poemas dele musicados. Modinha. Fez muito sucesso. Best-seller. Primeiro poeta brasileiro que teve grande sucesso editorial".

E cansou. Aquilo era já demais para a sua rotina de nunca estudar. As anotações que tinha feito seriam suficientes para levar para o grupo, que, afinal, contava com o Tom, cara talentoso, e com a Amanda, séria pra burro, que sempre estudava muito mais do que precisava. E tinha ainda o Marcelo, que, pô, numa dessas ia descobrir um monte de coisas também. Isso sem falar na Renata, aquela ingrata (rimou!), que o esnobara, mas que ele não esquecia.

Era hora de ir fazer outra coisa: rumou para a cozinha, preparou um copão de achocolatado com leite (carregando no achocolatado, que chegava a ficar embolotado na superfície – o que dava a Carlitos um enorme prazer) e afundou no sofá em busca de um troço qualquer para se divertir na televisão: um filme, um jogo, de preferência uma bizarrice.

· 4 ·

Que as garotas são diferentes dos rapazes todo mundo sabe, nem precisa dizer. Diferentes mesmo, e não estou falando da parte física, que é evidente. Pensa no plano psicológico, no plano da relação com amigos e amigas, no plano das expectativas quanto ao parceiro. Em tudo.

Não vem com essa de machismo, não: é diferença mesmo. Inteligência e capacidade de trabalho são iguais entre garotos e garotas – quero dizer, claro que há os mais inteligentes e os menos inteligentes, mas isso não tem nada a ver com o sexo da criatura.

Para comprovar a existência das diferenças, podemos pegar um caso concreto: olha só o que aconteceu com a Amanda e a Renata no mesmo momento histórico, no mesmo giro do planeta Terra, no mesmo dia em que foi definido o trabalho de literatura, na aula do Daniel. O que aconteceu com o Marcelo e o Carlitos a gente já viu: almoço, pesquisa na internet, depois um foi jogar tênis e o outro vagabundear na frente da tevê. (O que rolou com o Tom vamos ver daqui a pouco, calma aí.) E com as moças?

A Amanda chegou em casa e se declarou sem fome. SEM FOME, entende? Só por aí já se vê uma imensa diferença: que rapaz de 15 ou 16 anos chega em casa ao meio-dia e diz que está sem fome? Só se estiver doente, mas doente de desabar!

Pois a Amanda estava sem fome. Cumprimentou a família... quer saber quem são eles, os familiares dela? Ou podemos passar por cima disso agora? Pô, já vimos família dos dois rapazes... Tá bem, já que você insiste, vamos lá: a Amanda tem mãe e pai, mas não ao mesmo tempo. Ela mora com a mãe; o pai é separado dela e casado com outra mulher, com quem tem dois filhos, dois meninos, mais novos que a Amanda. E a nova esposa do pai dela, por sua vez, já tinha um menino, agora um adolescente, da mesma idade da Amanda, mas que estuda em outro colégio, noutra parte da cidade.

A casa em que ela chega é que ela considera como sendo a sua, porque ali é que vive com a mãe. Olha, na boa: gente muito legal, a mãe da Amanda. Tradutora, trabalha para editoras, vertendo para o português livros de ficção. A língua de especialidade dela? Francês. É, francês. A mãe da Amanda viveu na França alguns anos, quando era bem jovem, e depois estudou tradução na faculdade. Foi nessa época, aliás, que conheceu o pai da Amanda, que fazia outra faculdade, mas na mesma universidade. E foi aquilo: dois jovens, se encontraram meio por acaso, numa festa, papinho daqui, bebidinha dali, uma ficada mais pesada e... bumba: a sementinha do papai mais o ovulozinho da mamãe, e já a micro-Amanda grudou nas paredes do útero da jovem futura tradutora. Simples assim, mas meio duro para aqueles dois adolescentes.

Quando a Amanda nasceu, a mãe dela tinha 19 anos! Dá pra acreditar? De-ze-no-ve. Complicado, em vários sentidos. Mas legal em outros: a jovenzíssima mamãe agora tem 30 e poucos, é superjovem ainda, e já tem uma filha adolescente, virando mulher. São parceiras em tudo, e a Amanda dá a maior força para os novos relacionamentos da mãe. Não que esta tenha pretensões de casar e coisa e tal; nada disso: ela nem quer saber de marido. O negócio dela, nos últimos anos, é ajudar a filha a concluir o colégio, depois escolher uma faculdade e uma carreira legais, e, bem, depois é que vai pensar no futuro.

A Amanda cresceu numa casa amorosa, com essa mãe gente boa e o pai, também gente boa, mas meio distante. A mãe da mãe foi outra grande figura na vida da Amanda. Aliás, o marido dela também: um tremendo de um avô, daqueles que levam a neta para qualquer lado, é superpresente e no fim das contas funciona como um tipo de pai, no sentido da presença masculina. Sabe como é? Legal à beça. O time do coração da Amanda, por exemplo, é o time do avô, não o do pai. Entende?

Bem, então foi aquilo: a Amanda chegou em casa, saudou a mãe e a Arminda, a velha e querida Arminda, empregada que tinha presenciado a criação da mãe da Amanda e agora vivia com as duas, considerando-se tipo uma avó – as duas eram a família imediata dela – e NÃO COMEU o almoço que estava pronto. Tá bem: comeu metade de uma panqueca de espinafre. Fala sério: metade de uma panqueca não é um almoço. Nunca!

Mas assim são as garotas: quando não querem comer não comem mesmo. Ela tinha bronca de estar gorda? Nem tanto. A Amanda tinha um corpo legal, bem-proporcionado, mas sem nada de, como vou dizer?, nada de chamar a atenção. Mais para magra. (O avô parceiro uma vez comentou com a mãe dela que o corpo da Amanda era o que, na época dele de jovem, se chamava de "falsa magra". A mãe sabia do que se tratava: era um tipo de corpo feminino que de longe parecia magro, mas que, de perto, revelava curvas e volumes bem-proporcionados e mesmo, como vou dizer?, bem palpáveis.) E era isso mesmo: chegando perto dela se via que era uma bela mulher, com corpo legal, um rosto lindo, cabelos superlisos e um sorriso difícil, mas que, quando saía, era um arraso.

Então foi assim: passada a meia panqueca, rolou um papinho leve com a mãe, no qual ela contou por alto sobre o trabalho de literatura. Depois foi para o quarto, adivinha para quê? Ligar para a Renata, claaaaaaaaaaro. Garotas ligam para as amigas com uma frequência muito superior à dos homens.

Ligou e logo fez a proposta: que tal se elas se encontrassem o mais rápido possível, para conversar e encaminhar alguma coisa do trabalho definido pelo Daniel?

Adivinhou a reação da Renata?

Barbada essa: topou imediatamente, é claro. E ainda aproveitou para, sem interromper o telefonema com a Amanda, pedir ao pai que a levasse na casa da amiga, já que ele estava de saída para o trabalho. O pai topou e as duas se despediram com um até-loguinho.

A Amanda, então, tratou de ajeitar as coisas em seu quarto. Quarto bonito, tá vendo ali? A Amanda adora ecologia. Nada radical, de se meter em barcos para impedir a caça de baleias, esses troços lindos de ver de longe, mas muito perigosos. De vez em quando, ela até pensa em dedicar suas energias de verdade à causa ecológica, assim que terminar o colégio. Por ora, seu engajamento é mais ameno, embora, de coração, o envolvimento seja bastante forte.

Por isso é que a Amanda decorou toda uma parede com imagens relativas ao mundo natural: em parte, em suportes bem convencionais – tem dois pequenos quadros, mais um pôster de tamanho médio –; em parte, em formatos bem inventivos – um macaquinho recortado num negócio plástico, contra um fundo esverdeado do mesmo material, tudo compondo uma imagem muito linda, mais uma espécie de escultura feita com restos de tecidos coloridos, formando um volume abstrato que se destaca da parede uns 5 centímetros... saliente, mas legal. E o lustre? Negócio altamente inventivo, com ossos de verdade, arranjados com fios de metal e outros fios plásticos transparentes, num conjunto harmonioso que ela própria tinha feito, meu!

Amanda sentou numa poltrona velha que havia trazido meio na marra da casa da avó materna, ajeitou o laptop em cima das pernas, ligou-o e brincou um pouco pelas páginas habituais da internet: os blogs de duas escritoras que ela acompanhava, a página do Greenpeace Brasil, o site da editora para a qual a mãe trabalhava, sempre cheio de novidades que ela gostava de ver uma vez ou outra, como era o caso agora. (No site do Greenpeace Brasil havia uma brincadeira ótima: uma foto do Ken, o boneco namorado da Barbie, dizendo: "Barbie, acabou, não namoro com moça que desmata". Isso porque descobriram que as embalagens da boneca eram feitas com papel de florestas da Indonésia, que já são supermaltratadas. Boa piada. Rá.)

Estava nessa onda, quando ouviu tocar a campainha do apartamento. Adivinhou que era a Renata, e não errou: não demorou nada e a amiga entrou no quarto, dando um abraço e um beijo em Amanda, sentou na cama da amiga e as duas logo engataram uma conversa sobre...

Peraí: a conversa merece o início de um novo de capítulo. Vamos a ele.

• 5 •

Papo de amiga, sabe como é? Papo contínuo, uma tomando a palavra da outra sem parar, mas também sem se atrapalhar. Tédio nenhum, os assuntos virando páginas e páginas, velozmente, quando já não interessavam muito; e, quando interessavam, as duas entravam em minúcias com muito afinco e felicidade.

O primeiro assunto? Bem: para começar, a Renata perguntou se a outra tinha realmente ficado sem comer, como tinha anunciado, ao terminar a aula.

– Sim, fiquei praticamente sem comer. Mas tinha as famosas panquecas da Arminda, e aí não tem jeito, preciso provar, ao menos. Mas foi só uma coisiquinha de nada, porque realmente tô sem fome. Sei lá por quê.

– Mas cuida, olha que você já tá magra o suficiente, Amanda.

Ela sabia, claro que sabia. Gostava da magreza em que estava, a falsa magreza, segundo o avô gente boa. A Renata, de sua parte, tinha certa bronca com manter-se magra o suficiente. Melhor dizendo: tinha bronca com isso alguns dias por semana, uns três ou quatro, dependendo. Ela era daquelas que saem da cama certo dia, se olham no espelho ao escovar os dentes e se escandalizam: "Acordei gorda!". Não é verdade, nunca é, no caso da Renata; mas tem dias que ela acredita mesmo que precisa fechar a boca, parar de comer, renunciar a tudo. E ela consegue: é superdeterminada, realmente para de comer quando quer.

Não demorou nada e a Renata quis saber:

– E o Marcelo?

– O Marcelo o quê?

A Renata sabia que a amiga sabia que ela se interessava, assim meio de longe, pelo Marcelo. A Amanda estava se fazendo de desentendida, para que a Renata se entregasse, direto, confessando que o argentino era mesmo o seu queridinho atual. Atual porque, não sei se você sabe, ela já tinha tido outros objetivos. Até mesmo o Carlitos já ocupara seu coração. Foi por pouco tempo, pouquinho mesmo, mas o suficiente para o Carlitos embarcar no interesse por ela – e não haver desembarcado até agora: ele já tinha levado uma dura dela, já tinha sido desenganado na cara, mas não desistiu, o pobrezinho.

Daí que a Amanda tá querendo fazer a amiga falar sobre o tema. Não se trata de amor da Renata pelo argentino, não, mas de um gosto, uma vontade, aquele esquema que de repente pode até se transformar num sentimento mais intenso, por que não?

A Renata nem teve tempo de falar nada mais consistente, porque logo a Amanda já estava apontando para a tela do seu laptop, onde havia uma espécie de poema copiado do site do Greenpeace:

Quando a última árvore tiver caído,
quando o último rio tiver secado,
quando o último peixe for pescado,
vocês vão entender que dinheiro não se come.

Renata curtiu, mas sem maior entusiasmo. Ou melhor, sem o entusiasmo da amiga pelas causas ecológicas. Renata era mais pragmática, mais pé no chão. Queria as coisas na mão, gostava do concreto e não do abstrato, preferia já e não depois. Manja o tipo?

Mas, enfim, elas estavam ali para trabalhar, lembra? O lance do Tomás Antônio Gonzaga, tema designado pelo Daniel. A Amanda lembrou do combinado – o mesmo que, como vimos nos capítulos anteriores, nem tinha passado pela memória dos meninos –: eles fariam um levantamento da vida do poeta mineiro, ao passo que as meninas estudariam sua obra. Lembrou? Tá lá no último capítulo da primeira parte. Pode conferir.

Elas nem precisariam, porque era certo isso. Tão certo quanto a parceria das duas amigas. Em parte, era uma amizade que tinha a ver com complementaridade: a Amanda vivia só com a mãe e a Renata vivia com uma família grande, pai, mãe, avó velhinha (mãe do pai) e três irmãs, todas mais velhas que ela, e todas ainda vivendo na mesma casa. A Amanda era ligada em ecologia e gostava da comida o mais natural possível, enquanto Renata detonava frituras e refrigerantes à vontade. Amanda era discretíssima em seus sentimentos, enquanto Renata era mais desencanada, mais intensa, mais clara, gostava de abrir o coração sem reservas.

E, já falei, a Amanda era meio abstrata, até meio aérea de vez em quando, enquanto Renata era totalmente pé no chão.

Não falei que era uma relação complementar?

E lá vão elas mergulhar na obra do Tomás Antônio Gonzaga. Primeiro, localizam na internet um site com boas e abundantes informações sobre o poeta, onde logo ficam sabendo que ele escreveu duas obras importantes: *Marília de Dirceu* e *Cartas chilenas*. A primeira era um conjunto de poemas de amor baseados na vida real (o poeta tinha uma namorada, a quem dedicara os textos, chamada de fato Maria Joaquina, e não Marília, assim como ele, no registro real, se chamava Tomás Antônio, e não Dirceu). A segunda era uma obra satírica, uma crítica feroz aos desmandos dos administradores portugueses, que oprimiam os brasileiros.

– Na verdade, não eram bem *brasileiros* – disse Amanda.

– Nem Brasil existia ainda... então como é que seriam os habitantes da terra "brasileiros"?

Ei, parece que a Amanda leu aquele meu comentário do capítulo anterior! Ou será que ela já sabia, já tinha claro que, se o Brasil ainda não existia como país independente, não era exato falar em brasileiros, muito menos como parte de uma nação que se opusesse a Portugal, aos portugueses?

– Tá, você entendeu, não foi? Eram os opressores de Portugal contra a gente que vivia aqui no Brasil. Está escrito aqui! O cara mais atacado era um tal Fanfarrão Minésio, que representa... deixa eu ver, um sujeito que na verdade se chamava Luís da Cunha Menezes. Mas olha, vou te falar uma coisa: acho que não vai ser com este livro que a gente vai fazer o nosso trabalho – completou Renata.

– Vamos dar uma olhada no outro, o do casalzinho romântico.

As duas leram um pouco do que o site dizia sobre o livro antes de entrar em suas páginas propriamente ditas. ("Propriamente ditas"? Como assim, se elas vão ler na tela do computador?!)

Ficaram conhecendo mais detalhes de coisas que em parte elas já sabiam: que se tratava de uma convenção, de uma moda daquela época, os poetas se fazerem representar, por assim dizer, por pastores, e suas amadas por pastoras. Foi o caso de Dirceu, o pastor que representou Tomás Antônio, e de Marília, nome que entrava em lugar da real, da verdadeira Maria Joaquina Doroteia de Seixas. Ela com uns vinte anos menos que ele!

– Vinte anos, já pensou? – especulou Renata.

– Seria tipo... tipo o Daniel querendo namorar uma de nós! – brincou a Amanda. – Não me servia, pra te falar a verdade.

– Nem pra mim, imagina. Agora, se fosse um argentinozinho...

Riso sapeca da Renata, riso sapeca da Amanda, cumplicidade no amor e no humor.

As duas amigas alternavam pesquisa com bate-papo, como dá pra ver. E em seguida resolveram experimentar os poemas de *Marília de Dirceu*. Leram uma pequena introdução que dava um panorama sobre o conjunto: o livro se dividia em três partes, e elas correspondiam a momentos diferentes da vida do autor. A primeira tinha sido escrita durante a época em que Tomás Antônio Gonzaga viveu em Vila Rica do Ouro Preto e namorou Maria Joaquina – portanto, dias cheios de esperanças a respeito de seu namoro. É um conjunto de poemas impregnado de otimismo. Já a segunda parte é pessimista, porque foi escrita quando Tomás estava preso por causa de seu envolvimento na tal Inconfidência Mineira, o plano secreto de tornar independente o Brasil, ou o *futuro* Brasil. A Introdução dizia que essa segunda parte era também conhecida como *Dirceu de Marília*, porque o assunto principal era o sofrimento dele, e não o amor dele por ela. E a terceira parte vinha meio envolta em confusão: sua organização não era clara, parecendo haver ali poemas escritos ainda no tempo de Vila Rica e outros que teriam sido concebidos na prisão.

Com essas informações genéricas, as amigas começaram a leitura pela primeira parte, pelo primeiro poema (os poemas neste livro se chamam "liras"): "Eu, Marília, não sou algum vaqueiro, / que viva de guardar alheio gado", etcétera e tal.

– Não é vaqueiro, tudo bem, mas e daí?

– Jeito esquisito de começar um livro, hein?

E leram as próximas estrofes, para terem uma ideia mais precisa:

Eu, Marília, não sou algum vaqueiro,
Que viva de guardar alheio gado,
De tosco trato, de expressões grosseiro,
Dos frios gelos e dos sóis queimado.
Tenho próprio casal e nele assisto;
Dá-me vinho, legume, fruta, azeite;
Das brancas ovelhinhas tiro o leite,
E mais as finas lãs, de que me visto.
    Graças, Marília bela,
    Graças à minha Estrela!

Eu vi o meu semblante numa fonte,
Dos anos inda não está cortado;
Os Pastores, que habitam este monte,
Respeitam o poder do meu cajado.
Com tal destreza toco a sanfoninha,
Que inveja até me tem o próprio Alceste:
Ao som dela concerto a voz celeste
Nem canto letra que não seja minha.
    Graças, Marília bela,
    Graças à minha Estrela!

Mas tendo tantos dotes da ventura,
Só apreço lhes dou, gentil Pastora,
Depois que o teu afeto me segura

Que queres do que tenho ser Senhora.
É bom, minha Marília, é bom ser dono
De um rebanho, que cubra monte e prado;
Porém, gentil Pastora, o teu agrado
Vale mais que um rebanho, e mais que um trono.
Graças, Marília bela,
Graças à minha Estrela!

Algumas passagens obscuras, para falar a verdade. Na primeira estrofe, o que será que significava aquela sequência de negações (não era vaqueiro, nem era grosseiro de expressões, nem tosco de trato, nem queimado do sol e do frio, ok) seguida da afirmação de que ele tinha "próprio casal"? Como assim? E assistia no tal "casal"?

Dicionário, rápido: "casal", além de "dupla amorosa", também significa o que hoje chamamos de "sítio", ou "uma pequena propriedade". "Assistir em" um lugar significava "viver em" um lugar. Ah, bom: o Dirceu então estava dizendo que ele não era um vaqueiro desses grosseiros, que vivia de guardar o gado dos outros, e sim que era proprietário, um homem de posses. Fazia sentido: era como um cartão de visita, o cara avisando que não era um pé-rapado. Sim, sim.

Na terceira estrofe, vinha a declaração de amor, ou pelo menos de interesse em Marília. Dirceu afirma que, mesmo tendo tantos dotes, a propriedade e coisa e tal, ele só seria feliz mesmo se ela, a "gentil Pastora", tivesse afeto por ele. Bacana! Um cara apaixonado dizendo direto para a amada que queria ser amado.

Quer dizer: nem tão direto assim, na verdade...

Foram ao segundo poema, Lira II, e a coisa ficou mais interessante. Começa com um retrato de Cupido, o deus do amor na Antiguidade, para depois o poeta dizer que Cupido não é, afinal, o verdadeiro retrato do amor. Principia então a descrição de Marília, ela sim a verdadeira representação do amor: cabelos da "cor da negra noite", "redonda e lisa testa", "voz meiga", "face mimosa" e por aí afora. E aparecia em seguida uma imagem que lhes pareceu meio grosseira:

Dos rubins mais preciosos
os seus beiços são formados;
Os seus dentes delicados
são pedaços de marfim.

– Que tal o aspecto da amada, Amandinha? Como é mesmo, traduzindo em língua de gente atual?

– Morena, traços delicados, beiços que devem ser vermelhos como o rubi. Não está mal. Mas até aí não temos mais do que o rosto. Será que ele entra em detalhes?

– Não entendo nada disso – acrescentou Renata –, mas naquela época não devia ser comum o cara falar da aparência física da mulher, não estou certa? Acho que só bem depois é que isso começou a acontecer. O Daniel falou, lembra? Só no século XIX é que os poetas começaram a falar de seus sentimentos pessoais de modo mais aberto e claro, sem precisar de máscaras, disfarces, pseudônimos, nada disso. Não é?

Estava certa, certíssima, a Renata. Ela e Amanda eram leitoras sem muita intimidade com a poesia, mas duas garotas muito observadoras, ainda mais neste caso, em que analisavam juntas aquela peculiar história de amor do distante século XVIII.

Estavam de fato fazendo a pesquisa combinada. Não estavam?

Movida pela curiosidade, que é a mãe do conhecimento, Amanda resolveu dar uma espiada no começo da segunda parte, a tal parte escrita quando Tomás Antônio Gonzaga estava preso, longe de sua amada e sem perspectiva de voltar a vê-la.

E lá estava, já na primeira Lira, um depoimento de cortar o coração, que ela leu em voz alta para Renata:

Eu, Marília, não fui nenhum Vaqueiro
Fui honrado Pastor da tua Aldeia;
Vestia finas lãs, e tinha sempre
A minha choça do preciso cheia.
Tiraram-me o casal e o manso gado,
Nem tenho, a que me encoste, um só cajado.

Para ter que te dar, é que eu queria
De mor rebanho ainda ser o dono;
Prezava o teu semblante, os teus cabelos
Ainda muito mais que um grande Trono.
Agora que te oferte já não vejo,
Além de um puro amor, de um são desejo.

– Que dureza! Que tristeza! – disse a Amanda, assim que acabou a leitura.

E era mesmo. O cara diz que tiraram dele as propriedades, o casal e tudo o mais, ele que tinha sido um honrado pastor na aldeia, ou, na vida real, um correto juiz em Vila Rica. Agora estava ali, sem nem um cajado (dicionário: bordão, uma bengala grande, digamos) ao qual pudesse se encostar. E tudo que ele queria era ser amado... E agora, feitas todas as contas, ele só tinha a oferecer seu puro amor. Putz, que dureza.

O leitor não vai ver agora, mas eu posso garantir: no fundo do coração da Amanda, estava nascendo uma profunda simpatia pelo poeta, ou ao menos pelo Dirceu.

· 6 ·

Dos nossos cinco heróis (ou seis, contando o Daniel junto), só falta saber o que rolou com o Tom depois daquela aula em que se definiu o tema da pesquisa, e também o próprio grupo, os quatro já conhecidos entre si mais o Marcelo.

E já conhecíamos, há muitos capítulos, uma informação muito interessante sobre o Tom: ele gosta de estudar português e história. Gosta mesmo, sem forçar nenhuma barra. A contrapartida é que ele gosta muito pouco, para não dizer que detesta, de matemática e física. Em biologia ok, vai bem. Mas química ele também não curte – uma vez começou até a brincar dizendo que aquele negócio de íon, spin, sabe lá o que mais, era como uma religião: o cara tinha que acreditar, tinha que ter fé, para poder entender. Mas o problema é que o professor de química era um sujeito sem nenhum humor – traço de personalidade que o Tom prezava muitíssimo –, e além de tudo a escola era religiosa, de forma que o Tom teve que recolher a língua e bloquear a circulação da piada.

Enfim, o caso do Tomás Antônio Gonzaga era, para o Tom, uma tarefa... não digo *agradável*, cem por cento, mas uma tarefa que ele realizaria sem problemas, sem trauma. Bem diferente seria se ele tivesse que enfrentar um daqueles conjuntos de problemas de física, em que ele se dava quase sempre mal, tirando notas necessárias apenas para passar, mas sempre ali, no limite, sem folga.

O Tom chegou em casa, como os colegas, e mandou ver no almoço: comeu com grande gosto quantidades meio absurdas, e numa velocidade que costumava deixar sua mãe muito preocupada. Sabe como é mãe: quer que o filho mastigue devagar, que coma de boca fechada, que limpe a boca com o guardanapo, tudo isso. E o Tom fazia o contrário: mastigava meia vez e logo engolia, abria o bocão cheio de comida para falar e, para piorar tudo, costumava limpar a boca na toalha, que puxava discretamente assim que terminava de comer. A mãe ficava pê da vida com ele, e vamos combinar que ela tinha uma ótima coleção de razões. Tudo bem que era só em casa que ele agia assim; mas, na boa, troço feio.

Em geral, o almoço do Tom durante a semana contava com ele, a mãe e a irmãzinha, de 9 aninhos, a Chiquinha. O pai permanecia na universidade onde lecionava. Violão era o negócio dele; dava aulas no curso de Música. Música que se chama de clássica, não popular. Pessoalmente, ele curtia muita música popular, tanto que botou nos filhos nomes de grandes compositores.

Tom, em alusão ao Tom Jobim, que se chamava de fato Antônio Carlos Brasileiro de Almeida Jobim – não é brincadeira minha não, pode conferir. Mas o filho ficou apenas Tom, nome seco, direto, curto, sonoro, bonito e, além de tudo, totalmente identificado com o mundo da música. (Tinha o *Tom* e tem o *tom*, entende como é? Logo vi que você entenderia o trocadilho. Gente esperta é outra coisa.)

A menina ganhou o nome bem mais comprido de Francisca, em homenagem... Agora quero ver, adivinha: em homenagem a quem? A pista é a mesma: compositora brasileira e excelente figura, tanto que o pai do Tom resolveu reverenciá-la.

Eu espero um pouco.

Descobriu?

Pô, tá fraco o negócio, hein?

Tá bem, eu conto: foi uma homenagem à Chiquinha Gonzaga, que se chamava Francisca Edwiges Neves Gonzaga, e mais uma vez eu não tô brincando. Pode olhar. Até cogitaram botar o nome da menina de Chiquinha mesmo, mas aí acharam que ia ser chato, podiam pegar no pé dela na escola. E ficou Francisca, sem o Edwiges. Em casa, desde o berço, chamaram-na de Chiquinha. Tom e Chiquinha.

(Cá entre nós: não era sempre que o Tom gostava desse motivo para os nomes dele e da irmã. Volta e meia, quando estava de cara com seu velho, pensava coisas como "Pô, precisava usar os filhos para homenagear os ídolos dele? Não podiam ter feito isso de outro jeito?". Sabe aquele negócio de filho pagando mico pelo pai? Era por aí. Não sempre; mas rolava.)

Então era isso: o Tom, a mãe e a Chiquinha, que também era uma menina muito ligada em música, como todo mundo da família. Tom toca violão, ou melhor, guitarra, e só leva bem o violão porque sabe que nele é possível treinar para melhorar o desempenho. Chiquinha já estuda piano, o mesmo instrumento da Chiquinha original, que foi autora de chorinhos maravilhosos. (Se você não conhece nenhum, sinceramente, o melhor que tem a fazer é parar agora mesmo de ler isto aqui e correr atrás das músicas dela. Tem na internet, claro. Escuta lá e depois me fala se não é um negócio lindo. Vai, vai logo. Porque o Tom Jobim você conhece, não conhece? Nem me fala se não conhece. Não, não me fala para eu não me decepcionar *muito*, agora mesmo. Vai lá, salva a tua alma mergulhando, um pouco que seja, na obra desses dois monstros da música brasileira e universal.)

Terminada a comida, lá se foi o Tom para o quarto dele. Desabou na cama, como costumava fazer (uma vez, sério, ele até quebrou uma tábua do estrado, de tanta força que botou no movimento do corpo), e ali ficou um tempo. Mas não ia dormir, que ele nunca dorme depois do almoço. O que fez, como costuma fazer, foi pegar o violão e remexer nele, fazer cócegas nas cordas, a mão esquerda para cima e para baixo no braço, a direita beliscando as cordas, depois batendo nelas – o Tom estava mesmo querendo deixar crescer as unhas da mão direita para tocar melhor, embora soubesse que era meio mico fazer isso, e por outro lado para tocar guitarra não fazia nenhuma falta ter unhas grandes, por causa da palheta.

Lá pelas tantas voltou aquele começo de melodia da canção, lembra? Aquele mesmo do outro dia, ainda sem forma total, e o Tom agora apenas assobiando, sem pronunciar nenhuma palavra. Sem fissura, sem estresse: brincando de encontrar o fio da meada da canção.

Estava nisso quando, pow!, se formou em sua mente a figura do Daniel falando sobre o trabalho de literatura. Na sequência, veio a consciência de que ele, Tom, ia estudar outro Tom, o Tomás Antônio. Começou a chamar o poeta do século XVIII de Tom Tonho, para simplificar. O Tom, que conhecia o Jobim, ainda se lembrou que Antônio era um nome que também seria o dele, se tivesse ganhado o nome inteiro do compositor da bossa nova. Tom Tonho. Som bom de brincar, som com eco direto, eco de som, de sonho.

E o que era mesmo para pesquisar? Você acha que o Tom se lembrou de que os rapazes do grupo tinham sido encarregados de investigar a história pessoal de Tomás Antônio Gonzaga, enquanto as garotas iam cuidar da obra dele? Lembrou nada! Foi o nome do poeta aparecer na sua cabeça para ele dirigir-se à biblioteca da família – aí é que tá, a família dele era muito leitora, de forma que o pai e a mãe tinham acumulado um número bem apreciável de livros, de papel mesmo, não os digitais. Livros com cheiro de livro, como seu pai gostava de dizer, feliz, quando manuseava algum exemplar.

Tom foi lá na estante de poesia e descobriu uma publicação das obras poéticas do glorioso Tomás Antônio Gonzaga, edição da Academia Brasileira de Letras, em cuja capa constava o nome de um certo Sérgio Pachá, como autor das notas. "Beleza, *paxá*", ele pensou, "mais um trocadilho", como os que gostava de fazer.

Abriu as páginas ao acaso, lia pedaços de poemas aqui, outros pedaços adiante, depois retornava para pegar o começo do poema, tudo de forma aleatória. Aí resolveu tentar ler do começo em diante, em ordem, para ver qual era. Parte I (sacou que eram três partes, no sumário), Lira I, lá viu ele aquele começo que também as garotas tinham lido (sem gostar): "Eu, Marília, não sou algum vaqueiro, / que viva de guardar alheio gado". Nada de muito comovente. Percebeu a primeira nota de pé de página, falando sobre... epa! a sanfoninha de Dirceu. Como assim? Então o Dirceu, o personagem, cantava para a Marília?

Estava lá, na segunda estrofe: "Com tal destreza toco a sanfoninha, / que inveja me tem o próprio Alceste". Tom nada sabia, nem pretendia saber, sobre a identidade de Alceste, se era ou não um outro pastor daquele poema, um parceiro do Dirceu, ou talvez um rival no coração de Marília. Não importava: o que, sim, vinha ao caso é que o pastor tocava um instrumento. Será que aquilo se repetia em outros momentos do poema? Será que o Tomás Antônio, o Tom Tonho, tinha posto em cena um cantor de canções, como ele mesmo, Tom, queria ser?

Certo que não seria rock o estilo do cara, naquele tempo

tão antigo; mas, se era cantor e tocava um instrumento, então era da mesma turma, por assim dizer. Legal. Na cabeça do Tom pesquisador, caiu a barreira entre ele e Tom Tonho, na hora. Passou para o segundo poema, a segunda lira, etc. Mas o tédio começou a bater, para falar a verdade. E Tom fez o que todo leitor faz, quando se entedia: salta de uma página para outra, vai correndo os olhos e procurando uma pepita, uma luz, um sinal de que vale a pena continuar.

Nisso resolveu dar uma consultada num livro de história da literatura que ficava bem à mão, para saber mais alguma coisa do autor e da obra. E ali encontrou duas informações importantes que você, leitor, já conhece: primeira, que Tomás Antônio, o homem real, quarentão, se apaixonou por uma moça bem jovenzinha da cidade de Vila Rica, Maria Joaquina, e para ela é que escreveu os poemas; segunda, que as partes do livro tinham temperamentos diversos – enquanto a primeira havia sido escrita em Vila Rica no período do namoro, num clima de paixão e esperança, a segunda parte tinha sido escrita na prisão, o que resultou num climão ruim, de tristeza e desespero.

(Sim, tinha ainda a terceira, mas o Tom não prestou muita atenção a isso: a diferença entre a primeira parte e a segunda foi suficiente para ele conceber a coisa toda, para traçar mentalmente o abismo entre a paixão e a distância.)

"Bem, bem", pensou o Tom, "vamos ver como é isso na prática".

E voltou a percorrer as páginas de *Marília de Dirceu*, que agora, na cabeça do nosso Tom, já era entendido como *Maria Joaquina de Tomás Antônio*.

(Ei, espera um pouco, se você, leitor que está aí, perguntar a um professor de literatura, ele vai te dizer que não é *bem* assim a coisa. Tá certo que o verdadeiro Tomás passou pelo perrengue que está contado de modo fantasioso através do Dirceu, como também é certo que a Maria Joaquina foi transfigurada em Marília. Mas tem um porém: em literatura e em arte, em geral, não se deve esperar que a fantasia corresponda *totalmente* aos fatos. Entre a vida cotidiana, com o suor e tudo o mais, e a ficção, ali nas páginas do livro, há sempre uma distância – a distância da arte, exatamente esta. No caso do Tomás, então, nem precisaria dizer tudo isso: basta ver que o seu personagem é um pastor, se diz "vaqueiro" e tal, ao passo que o autor, homem real, era juiz de direito. O poder da fantasia deve ser respeitado. E, de mais a mais – diria o seu professor –, quem de fato começou, historicamente, a misturar sem medo vida e arte foi o romantismo, foram os autores românticos. Tomás Antônio Gonzaga era um árcade, um poeta que seguia as regras dessa moda literária, com tudo que elas traziam. O personagem era pastor, mesmo que o autor vivesse na cidade e tivesse horror a cheiro de gado; lugar bonito era o campo florido, jamais a cidade ou a natureza selvagem, com mosquitos, cobras, onças. Enfim, desculpa aí o parêntese.)

Tom voltou para as páginas em busca de... de quê mesmo? Queria talvez o que nós podemos chamar de beleza: um verso bacana, uma estrofe legal, um uso peculiar de palavras, uma combinação sonora bacana. Queria o que todo leitor quer, entre outras coisas: ficar impressionado, encantado, de alguma maneira. Queria que a arte lhe proporcionasse aquele... hummmm, aquela espécie de descolamento em relação à vida real. Fala a verdade: não é bem isso o que seduz na arte? Que ela consiga nos tirar do nosso lugar e nos oferecer uma experiência concentrada ou de felicidade, ou de tristeza, ou de solidariedade, essas sensações e esses sentimentos realmente fortes? Claro que sim. (Desculpa aí de novo, que eu me empolguei na conversa. Prometo me comportar melhor.)

E aí está o Tom olhando meio a esmo, pulando páginas, tentando pescar essa tal coisa aí de cima.

A pescaria:

De amar, minha Marília, a formosura
Não se podem livrar humanos peitos

Meio bruto, isso de "humanos peitos". Tentou outra parte:

Noto, gentil Marília, os teus cabelos.
E noto as faces de jasmins e rosas;
Noto os teus olhos belos,
Os brancos dentes e as feições mimosas;
Quem faz uma obra tão perfeita e linda,
Minha bela Marília, também pode
Fazer os céus e mais, se há mais ainda.

Epa! Esse final é interessante: "se há mais ainda". Amor infinito faz enxergar beleza infinita. Aquele que está apaixonado gosta até dos defeitos da pessoa amada, ou nem os enxerga. Ah, a paixão...

E não é que o Tom viu surgir, sem fazer força alguma, a figura da Amanda agora, agorinha mesmo, em seu espírito? Foi sim, posso garantir. Veio de imediato, em sua lembrança, o charme de um dentinho desalinhado dela, coisa pouca, que dava a seu sorriso um quê, um sei lá o quê – o quê mesmo? Ah, e a penugenzinha do pescoço dela...

Tinha coisa grotesca também, vamos falar a verdade. Tom leu e releu uma estrofe da lira XVIII, primeira parte ainda, aquela que é otimista, mas que guarda passagens ameaçadoramente tristes:

Assim também serei, minha Marília,
   Daqui a poucos anos,
Que o ímpio tempo para todos corre:
Os dentes cairão e os meus cabelos.
   Ah! sentirei os danos
   Que evita só quem morre.

"Ímpio" o Tom não sabia o que era, mas o sentido geral da coisa era óbvio: o Tomás quarentão estava ali tentando acelerar o processo com a gata, para não correr o risco de ela aceitar o namoro e tal apenas quando ele já estivesse careca e, argh!, banguela. Pressão total!

E nessa batida ia o Tom, lendo, decifrando uma passagem ou outra, até que tropeçou numa pepita de ouro literário. Sim, ele a encontrou! Encontrou porque algum leitor anterior (seu pai ou sua mãe, os dois leitores da casa) tinha sublinhado uma passagem, um verso, nada menos que sensacional, que imantou a leitura do Tom na hora. Dizia o verso: "Eu tenho um coração maior que o mundo". Era a Lira II da Parte II.

Putz. "Um coração maior que o mundo" era bem o que o Tom sentia sobre seu próprio modo de ser, sua própria sensibilidade, sobre seu sentimento fluido e intenso pela Amanda, mesmo que não claramente confessado a ela. Era isso que ele queria dizer naquela canção começada e não terminada: que ele tinha um coração que, de tão grande, seria capaz de engolir o mundo, todo o mundo, nada menos que isso. Incluindo a Amanda, claro.

Aquele Tom Tonho estava saindo melhor que a encomenda.

Passou a percorrer as páginas do livro com um lápis na mão, à caça de outras passagens assim lindas – e guardou uns dez versos isolados e alguns pares de versos, que seriam a pesquisa que ele iria apresentar ao grupo. E logo pensou em pôr aquele verso em sua letra. Tinha como? Tinha sim.

Depois ele creditaria a parceria do velho poeta; agora, o que importava era a cintilação daquela frase. Sim, senhor: "Eu tenho um coração maior que o mundo"!

• 7 •

Agora já é noite. O pessoal, como deu pra ver, se puxou logo: todo mundo, mesmo o Carlitos, o menos dedicado aos estudos, deu pelo menos uma olhada em alguma coisa sobre o tema designado pelo professor. E no mesmo dia em que o trabalho foi definido. Legal, palmas para a galera toda.

Foi boa a pesquisa? Nem tanto, como deu pra ver. Foi suficiente? Na verdade, não. Muita coisa ainda vai ser necessária até que o grupo consiga fazer um trabalho fora do habitual, marcante, como quer o Daniel. Lembra que ele falou?

Já esqueceu? Putz, o que é a vida! Eu repito, então: primeiro o Daniel disse, de modo meio obscuro, que queria se livrar logo daquele assunto, e ficou meio no ar uma angústia sobre os motivos de ele ter dito uma frase assim, que professor algum diz em aula. Mas logo passou, e ele fez um discurso assim – tô repetindo mesmo, letra por letra –: "Quero criatividade. Criatividade! Inventem, sejam ousados, pirem o cabeção, mas me apresentem um trabalho comovente, emocionante, arrebatador! Sejam inteligentes como vocês são mesmo! Não escondam sua qualidade dos outros! E tem mais: os dois melhores trabalhos de cada turma vão ser apresentados para todo o ensino médio da escola, num festival de fim de ano que a gente tá bolando. E vão ganhar um prêmio".

Lembrou agora? Foi isso. O Daniel disse que era o último trabalho de literatura do ano, por isso desejava muito que os alunos dessem o seu melhor, coisa e tal. Daí fez esse discurso simpático. E não era simpatia gratuita, não: o Daniel realmente achava que os alunos eram inteligentes e podiam fazer mais do que estavam fazendo.

Mas, enfim, agora é noite. Os cinco, ou melhor, os seis, mais seus familiares e amigos, colegas e desconhecidos, inimigos também, vizinhos chatos, professores aborrecidos, tudo que era indivíduo, de qualquer bairro e de todas as classes sociais, estava vivendo, naquela mesma hora da noite, uma realidade indesmentível: noite é noite, e fim de papo. O cara pode fazer onda, acender tudo que é luz, bater papo até não aguentar mais, deixar a tevê e o computador ligados, que nada disso altera a realidade insofismável – in-so-fis--má-vel – da noite.

E à noite, em dia de semana, o pessoal ainda bem adolescente, sabe como é: cama. E era isso. Dormir, que amanhã é outro dia. Fechar os olhos, parar de pensar, depois sonhar, mexer-se na cama (uns mais, outros menos), encontrar posição para braços, pernas e pescoço e a boca, até capotar totalmente, de preferência. (Eu, por exemplo, fico bronqueado com o encaixe da minha orelha no travesseiro na hora de dormir. Se o lóbulo não estiver bem acomodado, não pego no sono. Com você eu não sei, mas comigo é assim. Desculpe a intromissão.) Dormir pra descansar.

Agora talvez o Carlitos esteja tirando as meias com que jogou seu futebolzinho e espalhando aquele cheiro horrível de chulé pelo quarto, motivo pelo qual daqui a pouco sua mãe vai reclamar, até que ele finalmente aceite ir tomar seu banho. Talvez o Tom esteja espremendo uma espinha, coisa mais sem graça do mundo, diante do espelho do banheiro, depois de seu banho. (É uma boa hora para isso; com o calor do banho, os poros se abrem, sabe como é?) E quem sabe o Marcelo agora mesmo não esteja brincando com seu cachorro de estimação, por sinal uma cadela, chamada Sacachispas?

E as garotas? Vamos dar uma colher de chá pra elas: não vamos invadir sua intimidade neste exato momento – vai que elas estão fazendo alguma coisa que não querem que ninguém veja, coisa, aliás, muito comum nas moças, não é? Deixa elas lá, fazendo o que fazem quando estão sozinhas em suas casas.

Além de tudo, agora é hora de dormir. Boa noite.

Dorme aí também, leitor, que amanhã tem muito mais e nós precisamos estar descansados para acompanhar a reunião do grupo que acontecerá daqui a alguns dias.

E as horas passam, carregando tudo consigo.

Beijo.

III

EM BUSCA DO TRABALHO BRILHANTE

· 1 ·

Ali está o Tom. Garotão de seus 15 anos, meio cabeludo, mas cabeludo tipo desordenado, sem cortezinho bem-feitinho, bi-bi-bi, nada disso. Interessado em música, ou melhor, na seção da música destinada ao rock, suas variantes e suas vizinhanças, incluindo o blues e alguma coisa do jazz. Toca um pouco de violão, mas só para melhorar o desempenho na guitarra. Teve aulas, mas gosta mesmo é de praticar sozinho, no quarto. (Tem um problema aqui, que depois vamos conhecer: o primeiro professor do Tom foi seu próprio pai, que é violonista e dá aulas na Universidade, no curso de Música. Depois a gente fala disso.)

Ali está o Tom tocando alguma coisa. Qualquer coisa. Uma coisa sem forma ainda.

Ele está tentando compor uma canção.

Ah, bom. Isso explica as idas e vindas, as tentativas e os erros, o lá-lá-lá e o tchururu que ele faz para encontrar o fio da melodia. Meio chato de ouvir, mas ele tá gostando, e gostando bem.

Agora, escuta ali: parece que ele encontrou alguma coisa no meio da confusão de dedos e cordas. Ouve só.

Com a mão direita bate nas cordas, como se o violão

fosse uma guitarra. Mas não é rock tipo pesado, e sim uma balada. Quer um palpite? Vai dar uma canção de amor aí.

Legal, legalzinho. Ele começou a dizer, ou melhor, a entoar umas palavras, acompanhando o som. Palavras que se pode entender:

Esta canção quer te alcançar
É agora, tem que ser agora, é agora
Amor, é difícil de dizer, vem, vem, vem

O sentido ainda não está completo no que ele canta, mas a gente já pode adivinhar que é canção para falar de uma garota, uma menina, do que ele sente por ela. Ou é uma canção para falar *com* uma garota. As palavras vão falando da urgência de se encontrarem os dois, ele e ela. "Tem que ser já", parece que ele entoou.

E já deu pra perceber que a linha tirada do poema do Tom Tonho entrou na conta. Beleza.

De certa forma, essa cena continuou acontecendo com o Tom pelos dias seguintes todos, porque de fato todos os dias ele tenta compor algo, antes ou depois das aulas de violão que tem (duas vezes por semana, com um professor particular: na realidade, um orientando de seu pai na faculdade e estudante de violão clássico que toca uma guitarra excelente, roqueiro que foi na adolescência).

Assim como Tom, seus colegas de grupo também repetem gestos e cenas, nos dias subsequentes. O Daniel também. Variam os alunos, varia a escola (ele trabalha em três lugares diferentes, para poder juntar um salário mais ou menos), mas segue almoçando sozinho, entre leituras e lembranças do que aconteceu naquela manhã.

Ele nem faz força para isso, mas sempre rola de se lembrar dos alunos mais interessantes – não necessariamente os que tiram as melhores notas, nem os mais aplicados ou mais atentos, e sim aqueles que, por algum motivo (às vezes, pouco claro), parecem ao Daniel os mais dignos de atenção porque provavelmente terão um futuro destacado. São os inquietos, os que realmente valem a pena, segundo a opinião e a sensibilidade do professor.

O Marcelo continua a visitar virtualmente sua Buenos Aires querida todos os dias, chova ou faça sol, em busca... em busca do quê mesmo? De sua felicidade perdida? Do sonho de retornar à cidade onde quer voltar a viver? De uma imagem idealizada da vida, em contraste com a vida no Brasil, que não o agrada muito? De reencontrar sua Paula, mesmo que apenas na internet? E por acaso ela sabe que ele sente saudades? (Ô, Marcelão, se liga: escreve pra moça, conta pra ela...)

Se ele parasse para pensar aqui conosco, leitor, talvez mudasse de ideia. Porque, vem cá, ele não tem uma ótima rotina aqui? Não joga seu tênis sempre que quer? Não tem colegas interessantes? E as garotas? Pô, não vai me dizer que não há garotas lindas, interessantes por aqui, e muitas vezes lindas e interessantes ao mesmíssimo tempo! E por acaso o Brasil não tem uma cultura bacana, uma vida universitária, intelectual, científica e sei lá mais o quê das mais criativas? E pra arranjar emprego, não é bom?

É, sim; não torce o nariz, porque é. Mas essas coisas são assim mesmo: se o sujeito não tá feliz num lugar, é difícil fazê-lo mudar de ideia, fazê-lo perceber a situação sem a lente do distanciamento. É capaz de o cara passar todo o tempo dele nesse lugar sem sequer tentar enxergar graça na sua vida ali. Tá cheio de gente assim, não é só o Marcelo.

Gente que, por exemplo, vai viajar e o que mais quer é encontrar exatamente o que já conhece, comer o mesmo hambúrguer que já comeu trocentas vezes. Se é pra isso, por que esses tipos não ficam em casa?

Então, não é o Marcelo o problema; é a cabeça dele, ou melhor, uma certa imagem que ele tem da vida. Quer porque quer retornar à Argentina, sem entender que tá perdendo tempo de fazer amizades e aprender coisas. Ô, Marcelo, presta atenção, meu!

A Amanda e a Renata também não alteraram sua rotina nos dias entre o da última aula de literatura e a semana seguinte, quando vão se encontrar com seu grupo para conferir o resultado das pesquisas individuais. Aliás, nem tão individuais assim, como vimos no caso das duas, que ficaram juntas especulando sobre o que fazer, lendo alguma coisa, etc.

Exatamente como elas fizeram nos dias seguintes. Teve até uma festa, no sábado à noite, em que as duas foram juntas. Nenhuma estava com um garoto claramente em vista, nenhuma encontrou um alguém para chamar de seu: bateram papinhos assim, assim, dançaram um pouco, mas naquele esquema geralzão, ninguém é de ninguém. Bebericaram uma mistura dessas coloridas que, na boa, não têm gosto de nada que valha a pena, e voltaram pra casa. As duas para a casa da Renata, desta vez, e ali dormiram. Tipo amiga – amiga mesmo, sabe como é?

(Aposto que o leitor quer saber se a Amanda pensou no Tom. Não quer? Se o leitor é leitor mesmo, daqueles que acompanham o enredo, entende as entrelinhas, quer dizer, se o leitor se entrega à história que está lendo – ou vendo, que nisso um filme é igual a um romance –, então ele vai querer saber se a Amandinha por exemplo, se lembrou do Tom naquela festa lá. Será que lembrou? Vou responder: lembrou sim. Passou pela cabeça dela que, ah, bem que seria legal o Tom estar ali também. Mas, *well*, ele nem conhecia ninguém da turma, a não ser ela e a Renata, que eram convidadas na tal festa. E, de mais a mais, ela sabia – de algum modo tinha certeza disso – que ele não estava totalmente pronto para se declarar para ela, para engatar uma história mais séria.

(Como é que ela sabia? Ah, meu caro, minha cara, não sei dizer nem explicar. O certo é que uma garota aos 15 anos *sabe* coisas assim. Sabe porque sei lá, nasceu sabendo. Garotos demoram muito mais para entender os movimentos do coração, em geral.)

No domingão, depois da festa, a Amanda até almoçou na casa da Renata, um baita churrasco preparado pelo namorado de uma das irmãs mais velhas, cara super gente boa, animado e competente. A Amanda, sabemos, nem curte muito carne, prefere alimentos mais naturais, mas nesse dia se fartou com a maravilha de churrasco do carinha. Curtiu mesmo.

Lá pelas tantas do almoço, rolou uma conversa sobre se, no fim de semana seguinte, a Renata e a Amanda não queriam acompanhar uma das irmãs da Renata numa viagem à serra, onde a família tinha casa. A irmã precisava ir lá dar uma olhada na propriedade e tal, para preparar uma festança que ia rolar dali a três semanas. Festa da turma dela na faculdade, que já estava se formando, veja só. A Renata e a Amanda queriam ir junto?

Boa ideia, não era? Era sim.

Nosso Carlitos, por sua vez, fez como os outros: vida normal, nada digno de nota. A favor dele, vale registrar que retornou ao assunto da pesquisa sobre o poeta Tomás Antônio Gonzaga, fugindo ao seu costume de nunca preparar nada no prazo certo para o colégio. Nem ele saberia dizer direito o que tinha dado nele, mas em seu íntimo soava uma campainha – metafórica, claro –, dizendo que desta vez valia a pena investir um pouco na pesquisa para...

Para quê mesmo? Será que era para impressionar, um pouco que fosse, a Renata, embora ela já o tivesse dispensado meio cruamente? Será que era pra não deixar mal o amigão Tom, gente boa, que sempre o ajudava em qualquer parada? Ou para fazer frente ao argentino, o Marcelo, que era bom de bola e que parecia estar ganhando a corrida em direção ao coração da Renata?

Bem, o caso é que ele deu mais uma voltinha na internet e anotou umas linhas a mais em sua pesquisa. Sobre o quê?

Espera um pouco que em seguida vai aparecer esse material.

· 2 ·

Exatamente uma semana depois de terem recebido o tema do trabalho de literatura, os cinco se reuniram. Nesse dia tiveram a aula dupla com o Daniel de novo, como ocorria sempre, uma vez por semana, no final da manhã. Foi legal de novo, mas dessa vez havia mais motivos, porque agora todo mundo estava, de alguma forma, envolvido com o século XVIII, com a pesquisa sobre o arcadismo, com algum poeta ou político daquele período.

Não que todos estivessem exultantes, nada disso. Daniel aproveitou para dar uma aula expositiva sobre a época, sobre o contexto histórico, sobre aquelas informações que ajudam a arte a fazer mais sentido para quem a está estudando, para quem quer mais do que apenas ganhar aquele encantamento, aquele encontro com coisas belas, enfim, tudo aquilo que eu já falei, lembra? Até vou dizer mais: essas informações muitas vezes são o caminho mais curto para justamente encontrar a beleza, a filosofia da coisa, o sentido dos poemas.

E o Daniel mandou ver. Falou das cidades nascidas da mineração, da necessidade criada nelas para o trabalho letrado, feito por advogados e escrivães, gente que precisava ler e escrever profissionalmente, gente que tinha apreço pela literatura, oras. Daniel lembrou, por exemplo, que Vila Rica, a capital da província das Minas Gerais naquele tempo, tinha uns oitenta mil habitantes. "Gente pra burro", disse ele. Era uma população superior à de Nova York na época; essa comparação deixou o pessoal desconfiado.

Nova York também?

Claro, a Nova York daquele tempo.

Mas igual, era uma população realmente grande. Com uma esmagadora maioria de africanos e afro-brasileiros, certamente a maioria escravos, mas não todos. Muitos deles aprendendo ofícios de certa forma sofisticados, como tocar instrumentos musicais para participar das celebrações religiosas.

Aliás, o que tinha de igreja lá não era pouco! (Tinha e tem, porque – desculpa me meter na aula do Daniel – a cidade de Ouro Preto ainda conserva uma grande quantidade de construções daquela época. Você conhece? Ah, precisa conhecer. É uma beleza. Mesmo com todas as dificuldades de conservação, com alguns turistas que não respeitam o patrimônio histórico e certos moradores que não sabem valorizar a cidade, a maioria dos habitantes tem consciência de seu papel e a maioria dos turistas sabe apreciar sua riqueza.)

– E não eram só músicos – o Daniel retomou a palavra que eu tinha roubado. – A cidade precisava, para existir, para crescer, de muitos outros profissionais. Imaginem só no setor da construção. Gente para carregar pedra não precisa de especialização, mas com o crescimento da cidade vieram carpinteiros, escultores, douradores, pintores, sem falar dos arquitetos, mesmo que sem formação superior, dos mestres de obras. Uma penca de gente!

O pessoal acompanhava o raciocínio do Daniel com gosto. E ele engatou uma conversa sobre o Tomás Antônio Gonzaga, o TAG do Carlitos, o Tom Tonho do Tom. Figura central da nossa história, claro, mas também uma figura decisiva em tudo naquela época e naquela cidade. Quer ver? Bola para o Daniel:

– Pessoal, agora uma passada rápida pela vida do Tomás Antônio Gonzaga. Ele é o primeiro tema, entre os que eu distribuí, lembram? Ficou com o grupo... deixa eu ver... – Pegou uma anotação dele, no caderno, para conferir. – ... Com o grupo composto por Amanda, Renata, Marcelo, Carlitos e Tom. Certo? – E olhou para o ponto da sala em que habitualmente esses alunos ficavam, ou pelo menos a maior parte deles.

Olhou e viu a Amanda e a Renata sentadas lado a lado, e logo depois os dois amigos Tom e Carlitos. O Marcelo ele demorou para discernir, porque, como sempre, o argentino ficava lá no fundo, meio escondido.

Com o grupo todo sob seu controle visual, o Daniel começou:

– Todos os personagens que eu passei para vocês, para os oito grupos, são interessantes, como imagino que já tenham percebido nesse começo de pesquisa. Eu pessoalmente gosto muito da história do Domingos Caldas Barbosa e do Basílio da Gama, assim como do Aleijadinho e do Tiradentes. Mas a história do Tomás Antônio talvez seja a mais representativa de certas facetas daquele período histórico e literário. Pensem bem: um sujeito com grande formação intelectual, leitor dos melhores autores iluministas, mas ao mesmo tempo um cara que havia vivido em Salvador muitos anos, cidade onde ele provavelmente conheceu a cultura popular daqui. Aí ele escreveu uma obra como *Marília de Dirceu*, que combina a poesia árcade perfeitamente integrada na estética da época, e de uma forma leve. Comparem com o Cláudio Manuel da Costa: grande sonetista, mas difícil de ler, erudito. A poesia do Tomás rola fácil.

Por incrível que pareça, quase todo mundo estava prestando atenção nele. A Amanda era a mais atenta, ligadíssima porque tinha lido bastante da poesia de Tomás Antônio Gonzaga. Ela e o Tom, na realidade. Também os outros do grupo, claro, aproveitavam bem a aula.

– E tem toda a ligação política dele – prosseguiu Daniel. – Como era uma figura destacada na cidade, juiz e tal, e como tinha uma disposição intelectual para as grandes questões do século XVIII, a Liberdade, a República, essa coisa toda, Tomás foi logo se integrando ao grupo que queria a independência da colônia brasileira. Tem gente que diz que ele era meio pavão, que só quis se envolver na política por causa do prestígio. É certo que foi cogitado para ser o primeiro presidente do novo país. Aí foi que ele se perdeu: quando a conspiração deu errado, por causa do dedo-duro do Joaquim Silvério dos Reis, todos apontaram Tomás como uma espécie de chefe. Não teve jeito: foi preso e exilado, sem chance. Pior que ele, só o Tiradentes, como vocês sabem: este foi morto e esquartejado, e partes do corpo dele foram expostas em estradas que ligavam Vila Rica a outras regiões.

– Sério? – perguntou o Carlitos, que parecia nunca ter ouvido falar no caso.

– *En sério?* – perguntou também o Marcelo, no seu português espanholado, igualmente espantado pela história cruel, de que nunca tinha ouvido falar, é claro, porque nunca havia estudado nada de história do Brasil, salvo naquele ano mesmo.

E por aí ia o Daniel, mantendo a atenção dos alunos com essas informações, jogadas cuidadosamente na arena da sala de aula. Assim também ele conseguiu que os alunos ouvissem as histórias de seus dois poetas prediletos, como ele mesmo tinha declarado, Basílio da Gama e Domingos Caldas

Barbosa, cada qual com uma história forte, cheia de lances curiosos. Basílio, com sua impressionante mudança de lado: depois de aluno dos jesuítas, virou adversário deles, e o fez por escrito num poema épico mal conhecido mas muito, muito interessante, *O Uraguai*, em que pela primeira vez índios americanos ganhavam o papel de protagonistas. Domingos, por sua história pessoal, por sua condição de mestiço, mulato, que pôde estudar e mudou-se para Portugal, onde fez fama como autor de modinhas, canções de amor, que ele acompanhava com o violão da época e cujas letras publicou no livro *Viola de Lereno*.

Falando em Lereno, que era o nome árcade do Domingos, o Daniel voltou ao nosso Tomás Antônio, para explicar a história da convenção literária que estava implicada no arcadismo:

– Cada poeta escolhia para si um nome elegante, um nome latino. Um era Termindo Sipílio (Basílio da Gama), outro Glauceste Satúrnio (Cláudio Manoel), e assim ia. Nosso Tomás escolheu um nome singelo, sem essa pompa toda: Dirceu. E inventou para sua namorada na vida real o apelido de Marília. E ambientou os poemas em cenários bucólicos, como mandava a regra árcade.

Aproveitando o momento, Daniel desenhou no quadro um triângulo grandão, tipo uns 50 centímetros de cada lado (triângulo equilátero, manja?). Fez uma pausa dramática, não falou nada; em cada vértice anotou as seguintes palavras: "autores"; "leitores", "obras". Por fim comentou:

– Lembram que eu falei da existência de um sistema literário pela primeira vez no Brasil? Pois aqui está ele: como ensinou o grande mestre Antonio Candido em seu livro *Formação da literatura brasileira*, foi nas cidades mineiras do final do século XVIII que se criou essa dinâmica: autores, obras e público leitor em constante interação. Só assim existe literatura como fenômeno social, entende como é? Antes disso, claro que apareceram autores, como o grande Gregório de Matos, o Boca do Inferno, mas eram casos isolados. Gregório, além disso, nunca publicou nada em vida. Nas cidades mineiras, não: tinha um autor aqui, outro ali, logo mais uns, e o público ia surgindo e tal. Aí, diz o Candido, essa interação viva é que vai criando uma pequena tradição: os leitores que vêm surgindo leem os autores anteriores, e nisso se formam os novos escritores, que atendem aos novos públicos. Enfim, aí está, como se fosse um teorema matemático, para o Candido, e eu concordo: uma literatura existe quando existe o sistema literário, que se compõe desse lindo triângulo aqui – e fez o gesto, apontando – e da história, da formação de uma tradição nas gerações sucessivas.

O papo poderia ir muito longe aqui, se a gente fosse contar tudo que o Daniel falou naquela aula. E olha que nem foi muito tempo, não: ele queria apenas dar uma geral no assunto, para depois perguntar a cada grupo se a coisa tinha andado, se as pesquisas já haviam sido iniciadas, se eles tinham tido boas ideias para o trabalho, que, como já sabemos, ele queria que fosse criativo.

E aí? Estavam todos ligados no trabalho? Tinham começado a pesquisar? Queriam pedir alguma orientação para os estudos que estavam sendo feitos?

Apenas um e outro responderam, falando das buscas iniciais, mas sem empolgação. E o Daniel repetiu que era pra ser um trabalho muito legal, original, inteligente, criativo, ousado, enfim, um trabalho para encerrar bem o ano. Eles tinham entendido? Realmente?

Olha o Daniel ali, naquela pose característica, feito um roqueiro que encerra uma performance: uma mão para o alto, a outra atrás das costas, cabeça voltada para o chão, tipo *band-leader* depois do show, manja? Figuraça.

Logo que o sinal soou, Daniel foi para sua mesa recolher as coisas e começar a transição para as aulas da tarde. Estava mergulhado nisso, já antecipando o que faria no almoço, quando se aproximaram dele, por lados diferentes da sala, a Renata e o Marcelo. Os dois não tinham se visto antes de chegarem ali, e é claro que, quando se deram conta, abriram um sorriso um para o outro – o da Renata, um sorrisão franco; o do Marcelo, um esgarzinho de canto de boca.

O Daniel ia perguntar o que queriam aquelas duas amáveis figuras, quando os outros três do grupo se acercaram deles, sem nada de muito claro para fazer, apenas porque... porque... Na verdade não sei bem por que se aproximaram do Daniel. Sabe como é aluno de 15 anos, mais ou menos? Quando menos se espera, eles estão ali, em volta do professor, e com a mesma naturalidade vão embora, sem explicar muita coisa. Afetos à flor da pele, talvez?

Vai entender um adolescente...

Mas também nem precisa muito entender racionalmente, com premissas e conclusões certinhas: ser adolescente é meio que romper com coisas muito racionais, não é não? De mais a mais, aqueles cinco alunos (e quase todos os daquela classe) nem precisavam de um motivo grande para se achegarem. Daniel era um cara legal, uma boa figura, sorridente, sereno, que parecia entender coisas que outros definitivamente não sacavam. Era mesmo?

O certo é que o professor olhou para eles, todos, esperando alguma pergunta, que não veio. Tomou ele a iniciativa:

– E o grande trabalho sobre o glorioso Tomás Antônio Gonzaga? Tá rolando? Inventaram alguma coisa legal? Olha lá, levo fé em vocês, hein? Precisando de alguma coisa, me falem, que eu sempre posso dar uma mãozinha.

Nenhum dos cinco tinha algo claro para dizer, nem

como relato de algo já feito, nem como pergunta por algo a saber. Sorriram meio para os lados, enquanto o Daniel já botava a alça de sua bolsa sobre o ombro, aprumando o corpo para sair da sala. Mas a Amanda salvou a situação:

– Deixa pra nós, Daniel. Vai ficar muito bom o nosso trabalho final. Espera só.

O Daniel esperava mesmo que os alunos, aqueles cinco ali e quaisquer outros, o surpreendessem. Sempre. Ele conhecia bem o potencial daquele grupo, especialmente por causa da Amanda e do Tom.

Por falar nisso:

– Falando nisso, Tom, já terminou aquela canção?

· 3 ·

Precisava perguntar na frente de todos os outros? *Precisava mesmo?*

Saco!

E bem naquela tarde ia acontecer o primeiro encontro de trabalho do grupo. Mesmo que escapasse de alguma piadinha ou de algum olhar perguntador na hora, o Tom tinha certeza de que, na pior das hipóteses, na hora da reunião alguém ia acabar perguntando da música. Especialmente alguém inconveniente, que não deveria perguntar nada. Vai que a Amanda quisesse saber como era a tal canção?

Saco.

O encontro do grupo foi na casa do Tom. Por quê? Porque era comum colegas dele irem para lá fazer trabalhos. Talvez porque a família do Tom fosse muito conhecida por ter uma biblioteca apreciável; talvez também porque o clima da casa fosse cordial, legal, quase sempre; talvez porque sempre rolasse um lanchinho de alta qualidade, mesmo que fosse apenas um sandubinha de queijo e presunto, com suco de caixinha. O certo é que foi lá a reunião, e estamos conversados.

Estão os cinco ali, agora. Em volta da mesma mesa onde

a família de Tom faz as refeições. Primeiro demoraram fazendo qualquer coisa, andando de um lado para o outro, furungando a biblioteca da família, comentando coisas como "Quanto livro!", e tal. Alguém se dirigiu ao anfitrião (desculpa aí, leitor, eu estava meio desatento e não vi exatamente quem foi que falou), dizendo que, putz, o pai e a mãe dele deviam ser pessoas muuuuito legais, pois gente que gosta de livro em geral é gente bacana.

(Pensando agora, deve ter sido a Renata quem disse isso. Tem que ser pessoa sociável, de relacionamento franco e direto. E claro que tal comentário não teria vindo do Carlitos, que conhecia os pais do Tom, nem do Marcelo, fechado como era. Também não teria sido a Amanda, pois, se ela dissesse algo assim, poderia ser interpretada como puxa-saco da sogrinha, algo por aí. E a Amanda, como toda moça de 15 anos, eu já falei isso, sabe como fazer a coisa.)

O Tom respondeu o comentário meio contrariado, meio constrangido, meio não querendo espichar aquele papo:

– Minha mãe sim, meu pai nem tanto – disse, e riu amarelo.

Chato isso, falar mal do pai na frente dos outros. Eu acho, ao menos. Mas era só uma fase do relacionamento do Tom com o velho dele. Acontece. E sabe como é fase: deixa rolar. Adolescente bronqueado com o pai, quem não conhece? Era bem o caso: alguém elogiou e o Tom fez questão de queimar, um pouquinho ao menos, o filme do pai.

(Ei, peraí: acho que me atrapalhei na matemática: eu botei três "meios" ali em cima, na frase sobre o Tom. Não existem três meios, certo? Só dois, formando um inteiro. Ou eu me engano? Sei lá, faz tempo que não lido com números. Desculpa aí.)

O certo é que passaram uns momentos nesse papo, nessa aproximação, até que foram para a mesa. Mesa que ficava num cantinho acolhedor da casa, perto da cozinha, toalha xadrez... desculpa entrar nesses detalhes, mas olha, realmente é aconchegante o lugar. Vamos chegar mais perto pra averiguar qual é que foi, qual é que será.

Os cinco estão ali, naqueles momentos meio sem definição, em que ninguém toma claramente a iniciativa. Por temperamento, o Marcelo quer começar logo o trabalho, mas não se atreve, talvez porque se sinta, agora e sempre, um estrangeiro. Carlitos gasta tempo fazendo piadas com o Tom e, pior, piadas que só eles dois conhecem. Sabe aquele tipo chato de piada, que deixa os demais sem entender nada? A Amanda também já pensou em pedir silêncio e chamar todos à responsabilidade, mas não gosta da fama de mandona que já tem, entre alguns colegas. E a Renata ainda está meio aérea, talvez pela presença do Marcelo, ali ao alcance de sua mão, embora numa situação formal, distante.

Tá, vamos lá: quem vai começar?

Silêncio ainda.

O tempo está correndo, pessoal!

Olha ali: o Carlitos pega a lista de anotações que fez, nas duas sessões de pesquisa internética, e bota sobre a mesa, desamassando as dobras do papel com a mão espalmada. Numa parte da folha há alguns endereços de internet e na outra os garranchos incompreensíveis do autor. A Amanda pergunta a ele o que é aquilo, e, ufa, finalmente vai começar a conversa.

– É uma lista de coisas, de informações e tal, mais uns sites que eu andei visitando. Quer ver? – pergunta o Carlitos para a Amanda.

– Só eu, não. Todo mundo quer ver. Vamos ver, pessoal?

Concordância geral, mas meio muda.

Escutam a leitura meio atropelada do Carlitos e, para

falar a verdade, não enxergam muito mérito naquilo tudo. A Amanda ainda pergunta aos meninos:

— Bem, vocês três pesquisaram a vida, né? Porque nós — lembrou, apontando para a Renata e para si — lemos a obra, certo?

Carlitos olha para o Tom, que olha para o Marcelo, que olha para os dois. Realmente, nenhum dos três tinha se lembrado dessa divisão que sim a Amanda havia proposto uma semana antes. Putz. E o Tom, como a gente sabe, mais se ocupou da poesia do que da vida do cara. Tanto que chegou naquele verso, lembra? "(...) um coração maior que o mundo."

— Mas é muito quadradinho isso, nada a ver, Amanda. Na boa, é muito caretinha — disse Carlitos.

Pra que dizer isso assim, desse jeito cru? A Amanda ficou meio pê da vida.

— Quadradinho nada, Carlitos; era pra organizar um pouco o trabalho. Mas se você acha mesmo *quadradinho* — ela pronunciou esta última palavra com aquela amargura irônica, sabe como é? —, se você acha quadradinho, então me diz como é que seria correto, então?

Tom sentiu que era hora de contornar o confronto.

— Carlitos, nada a ver. A Amanda tinha só pensado em organizar a coisa. Tá certa ela. Mas, desculpa, Amanda, eu simplesmente esqueci disso. Na verdade fiquei lendo o *Marília de Dirceu*, fui e voltei umas páginas, não li tudo, nem acompanhei direito o enredo, que nem sei se tem, e, olha, anotei umas passagens bem legais. Não sei o que fazer com isso, mas enfim...

— Então temos uma lista de informações do Carlitos, com uns sites e tal, mais uns trechos do livro — agora era a Renata tomando as rédeas. — E nós duas...

Ia seguir, mas foi atropelada pelo Marcelo, que tomou a

palavra meio rispidamente, mas sem intenção de brigar. Falou, com aquele sotaque meio carregado:

— Eu procuré unas informaciones sobre el período y sobre todo lo que tiene que ver com aquel momento. Nao creo que tenga cosa mucho melior, pero... quero dizer, mas veí que Tomás Antônio tuvo, teve relaciones políticas con los revolucionários de Minas Gerais, no es cierto? Todo un clima de cambio, de mudança, al mismo tiempo de la Revolución Francesa.

Bem, ao menos um dos três garotos tinha levado a sério a divisão de tarefas. A Renata disse isso mesmo: "Bem, ao menos um de vocês levou a sério a divisão de tarefas!", elogiando o trabalho do Marcelo, sem estar nadinha ofendida com a interrupção dele.

E o Marcelo falou mais um tanto, mencionando a frase em latim *"Libertas quæ sera tamen"*, e depois explicando que a frase estava meio errada. Marcelo tinha anotado toda a bronca com a tradução da frase, para explicar aos colegas. Em seguida mencionou o exílio do poeta, em Moçambique, depois de a revolução em que ele estava envolvido ter fracassado e os líderes todos terem sido presos e processados. Aliás, enfatizou bastante o exílio, falou um pouco sobre o provável sofrimento de Tomás longe da amada, Maria Joaquina, vinte anos mais nova que ele.

Nenhum dos quatro ali presentes relacionou o exílio do Tomás com um sentimento de inadequação, de falta de pertencimento, que o Marcelo sentia em relação ao Brasil. Podiam ter pensado, era uma bola quicando ali, diante dos olhos deles, mas não se deram conta. Por quê? Ah, sabe como é, no calor da conversa a coisa não rola tão tranquila como aqui, por escrito. Na leitura, a gente pode parar, voltar atrás, conferir o que o outro disse ou deixou de dizer, avaliar bem as coisas;

mas na correria da fala real, meu, não tem nada disso: o cara precisa pescar tudo no ato.

Nessa primeira rodada faltava só as meninas apresentarem o resultado de seu trabalho. E a Amanda tomou a palavra.

• 4 •

— A Renata e eu lemos bastante o livro, o *Marília de Dirceu*. Não dá pra dizer que fizemos uma superanálise, mas a gente leu bem, não foi, Rê?

A Renata ia dizer algo, mas a Amanda continuou:

— Uma coisa que ficou bem clara pra gente é que a Marília não aparece muito nos poemas. Verdade: o poeta se dirige a ela, fala, ou melhor, escreve como se fosse pra ela, mas ela mesma, a Marília como personagem, não aparece, não. A gente até anotou... cadê, Renata?... a gente anotou uma partezinha bem pequena em que a Marília é apresentada, negócio bem rápido, tipo umas estrofezinhas e nada mais. Cadê, Renata?

O leitor pode mostrar pra Renata: tá lá no capítulo 5 da segunda parte. Lembrou? Vai lá e olha, então. Eu espero aqui. Vai lá, na boa.

O Marcelo resolveu fazer uma brincadeira com a Amanda:

— Mas essa interpretación de vocês é um poco feminista, no?

Era brincadeira, mas era a sério, entende como é? Ele fez a pergunta e abriu um sorriso, até grande para os padrões do Marcelo. Leitor, calma aí: já falamos que o Marcelo é um ano mais velho que os outros quatro, não falamos?

Ainda não falamos? Putz, então tinha faltado dizer. Era mesmo: um ano mais velho. E isso, que pode parecer pouco, era bastante, se somado ao fato de ele se sentir fora de lugar e vir de outro país, com outra cultura e outra língua. Por isso ele tinha essas sacadas meio inusitadas, negócio de cara mais velho, de alguém que via de fora as coisas e tinha certa capacidade para detectar os contornos maiores dos problemas.

A Amanda não gostou muito, mas a Renata adorou o comentário de Marcelo. Ela foi quem respondeu, enquanto ajeitava uma mecha do cabelo atrás da orelha:

– Tem a ver, tem a ver, claro. A Amanda, eu, nós, quer dizer, enfim, achamos que...

– A minha avó foi feminista, Marcelo – disse Amanda. – Isso mesmo, ela foi feminista militante, já me contou essa história mais de uma vez: ela, na faculdade, lá nos anos 1960, superenvolvida nos debates sobre os direitos da mulher, sobre sexo, época dura para o pessoal. Por isso não me chateia nada você me chamar de feminista. E pode ser mesmo que eu seja, não duvide...

E assim seguiu o papo deles, leve. Mas o Carlitos, talvez com ciúme de não estar no centro da conversa, lá pelas tantas resolveu tomar a iniciativa:

– Então já temos material para o trabalho? O que a gente pegou já é suficiente?

Marcelo, frio e calculista como sabia ser quando queria, respondeu meio ríspido:

– En realidad no creo que tengamos material suficiente. O que es que temos? Unos trechos de poesías, una lista de direciones na internet, quero dizer, endereços, alguns informaciones y... nada más. No se pódi fasser un trabalho com esso. Temos uma pequena colección de cossas, nada más.

Sabe ducha de água fria? Foi mais ou menos isso. A fala do Marcelo ia na contramão da visão do Carlitos. Enquanto isso, o Tom nada dizia e as duas garotas igualmente não se sentiam como quem já sabe o que fazer. De fato não havia nem uma visão de conjunto sobre o poeta e sua vida, ou sobre o principal livro dele, nem qualquer perspectiva de para onde encaminhar o trabalho, que, além disso, precisava ser criativo e tudo o mais.

Alguma ideia, então?

Como o Marcelo é quem tinha feito o diagnóstico da inexistência de rumo, ficou numa posição meio de líder da reunião. Sabe como é? Ficou ele com aquela cara de "eu disse, eu falei", meio se achando melhor que os outros e tal. Ele até que tinha pensado numas coisas interessantes, mas nada que pudesse ajudar na hora. Sabe o que é que ele tinha pensado?

Que o Brasil havia passado pela experiência de ter encontrado ouro em abundância no século XVIII, e isso era uma coisa que a Argentina não havia conhecido. Na verdade, no século XVIII seu país praticamente não tinha riqueza alguma, como ele constatara nas suas leituras de preparação para aquela reunião de grupo. Mas não ia dizer isso ali; não ia adiantar muita coisa falar sobre essa diferença e, além do mais, não achava muito bom diminuir seu país diante dos brasileiros.

Não faltava nada para que a Amanda, meio chateada, tomasse a palavra:

– Olha, gente, acho que foi mal até aqui. Não apareceu nenhuma ideia, nem umazinha, que fosse criativa ou interessante... Desse jeito, vamos acabar fazendo um trabalhinho normal, sem nada de ousado, como quer o Daniel.

– A menos que... – interrompeu o Tom.

– A menos que o quê? – a Renata quis saber.

– Carlitos, como é mesmo que... o que é mesmo que você encontrou na internet? Lê de novo aí.

– Ah, não, para com isso – a Renata explodiu. – Nada a ver ele ler de novo. A gente já viu a lista dele, não tem nada que...

– Calma aí, Renata – o Tom retomou a palavra –; vamos com calma. Lê de novo, por favor, Carlitos.

E o Carlitos ficou meio sem saber se metia a cara num buraco de vergonha pela reação da Renata, ou se começava a ler para mostrar que o que ele tinha pesquisado tinha sim algum cabimento. Olhou de novo para o papel sobre a mesa. Ele mesmo não acreditava que ali houvesse algo de realmente interessante. Mas enfim... confiava no amigo cegamente. E ia começar a ler em voz alta, item por item de sua folha, quando a Amanda interrompeu:

– Tudo bem, tudo bem, é claro que o Carlitos encontrou algumas coisas que ninguém mais encontrou, pelo menos tem esses sites que ele trouxe e que a gente pode explorar melhor, talvez. Mas sinceramente acho que nós todos precisamos buscar mais coisas, ler mais, nos dedicar mais, antes de tentar encontrar o rumo para o trabalho. Sinceramente.

Já tinham passado quase duas horas desde a chegada deles na casa do Tom. Duas horas, e quase nada de realmente produtivo. Entre chegarem, trocarem umas palavras, olharem a biblioteca da família, sentarem, repassarem as informações que tinham obtido e discutirem, o tempo havia passado, e já eram quase seis da tarde, hora limite do encontro, porque o Marcelo já tinha avisado que ia jogar futebol com amigos às 18h30, a Amanda tinha aula de inglês na mesma hora, o próprio Tom aula de violão em seguida... Enfim, estava na hora de encerrar o encontro.

Frustrante? Frustrante. (E nem rolou um lanchinho, falando nisso.) Não tem como negar. Mas é a vida, a realidade. Encarar as limitações é o primeiro passo para superá-las, sabe como é.

Já estavam se despedindo, quando a Renata lembrou e falou em voz alta, sem pensar direito:

– E se a gente fosse lá pra minha casa da serra neste fim de semana? Lembra, Amanda, que no domingo passado, no churrasco lá em casa, a minha irmã convidou nós duas? Lembra? Ela e o namorado dela, aquele que fez o churrasco...

– Sim, lembro, mas... – a Amanda sempre previdente –, será que dá pra ir nós todos, os cinco? Lugar eu sei que tem, mas...

O Carlitos se acendeu com a ideia:

– Beleza! Acho muito legal, mesmo!

O Tom fez coro com o amigo, mas o Marcelo encolheu os ombros e empurrou os cantos da boca para baixo, como se ele quisesse dizer: "Por mim, tudo bem, mas a proposta não me seduz".

Então a Renata disse:

– Eu acho que dá sim, que vai rolar sem problemas. Vamos fazer o seguinte: eu vou falar com papá e mamã – ela disse assim mesmo, com explícita ironia, claro – e depois mando uma mensagem para vocês. A gente vai tipo no sábado de manhã e volta no domingo à tarde. Certo?

· 5 ·

Certíssimo!

Na verdade, os cinco ficaram foi excitados com a ideia. Nada a ver com sexo, calma aí: ficaram foi com aquela alegria antecipada de viver uma pequena aventura, ainda que modesta. Casa na serra, passar um friozinho, acender o fogo na lareira, preparar um fondue de queijo e outro de chocolate, putz, maravilha. Total.

E não demorou mais do que duas horas para a Renata enviar um torpedo para os outros quatro, confirmando que a casa estava liberada. Sua irmã mais velha iria mesmo com o namorado – isso a Renata explicou num e-mail que mandou, um pouco mais tarde –, e os dois se ofereceram para levar as duas garotas no carro. Os rapazes, bem, eles iam ter que se virar. Podiam ir de ônibus, claro, porque a viagem levava pouco menos de duas horas e a casa de Renata era bem perto da estação rodoviária lá da cidadezinha serrana, certo?

Bem, os garotos não iam se desanimar por causa desse pequeno contratempo. Na verdade, nunca tinham pegado ônibus intermunicipal sem algum adulto junto deles. Mas na boa.

"Como é que se faz pra pegar ônibus na rodoviária?", foi

o que os três se perguntaram, de formas diversas, e sem contar um para o outro. Este era o fato: não sabiam como fazer. Mas também isso tem jeito.

Conhece a história do sábio chinês que trabalhava para um imperador e resolveu se aposentar? O imperador pediu que ele deixasse uma mensagem, uma grande mensagem, para ser lida em um momento realmente difícil de sua vida futura, quando então ele já não tivesse mais o sábio por perto. Conhece?

Depois eu conto.

O certo é que o Tom, o Carlitos e o Marcelo falaram com suas respectivas famílias sobre o projeto e receberam um ok entusiasmado, um apoio nítido para a pequena viagem com os colegas. A Renata era conhecida de todos e a família dela também. Dessa forma, deu tudo certo na preparação.

Faltava comprar as passagens, e isso a mãe do Carlitos se dispôs a fazer pelos três.

E, bom, os dias antes do sábado passaram muito mais lentos do que o habitual, como se as 24 horas de cada dia se transformassem em 48, 72, muito mais ainda. Todos os cinco ficaram bem ansiosos, porque... ah, nem precisa explicar, ora: porque é legal viajar com amigos, e ponto. Não precisa explicar. E viajar sem professor nem pai ou mãe por perto, bom... isso é simplesmente perfeito!

Os cinco viviam o prazer angustiado da espera de modos diferentes. Teoricamente, até que eles queriam a mesma coisa: fazer um trabalho bacana para o Daniel. Mas isso estava longe de ser o principal motivo de cada um deles estar animado com a viagem – o Tom gostava da ideia de passar a noite com colegas para exercitar sua música sem medo, e ainda mais tendo Amanda por perto; a Amanda estava achando ótimo aquele negócio de conviver com os colegas, com a amiga Renata, mas especialmente com Tom; a Renata precisou controlar o coração só de pensar que na casa da serra estaria pertinho do Marcelo, podendo rondar o argentino, conhecer seus hábitos e mostrar quem ela era. Marcelo até podia não admitir muito claramente, nem para si mesmo, mas queria muito se aproximar dos colegas brasileiros, de uma forma que até então não tinha podido, assim na intimidade de uma casa e sem a presença de adultos. Sobrou o Carlitos, desemparceirado, mas com aquele fiozinho de esperança em relação à Renata, quem sabe... Mas se não rolasse nada, dane-se; ao menos ia ser legal desenvolver o trabalho e estar com o amigão Tom.

Chegou o dia, como todos os dias chegam. Sábado, manhãzinha, rodoviária, lugar meio estranho para os três garotos. (As meninas tinham ido na sexta à noite, naquela carona familiar, com o namoradão da irmã da Renata. E já estavam lá, esperando a chegada dos três.)

Tom, Carlitos e Marcelo chegaram à rodoviária cada um com seu pai – e os três pais, que se conheciam apenas de vista, de alguma reunião na escola, permaneceram ali até o ônibus encostar e parar em seu lugar. Aí subiram os três, depois de abraços meio atrapalhados em seus respectivos pais. Sabe como é abraço de adolescente em pai, na frente dos outros, não sabe? É só olhar: abraçam sem muito gosto, e não mais como faziam até os 9 ou 10 anos; agora é um abraço meio de lado, de ombro, sem deixar seu peito encontrar o peito do velho. "Mico", pensam os garotos, com aquela urgência de parecerem mais velhos e independentes. "Pena", pensam os pais, que ainda queriam aquele calor de alguns anos antes.

O Tom, olha, o Tom era o mais constrangido dos três. Ele andava mesmo bronqueado com seu pai. O leitor até vai me perguntar: mas escuta, o pai do Tom não é músico como ele mesmo quer ser um dia (ou ao menos gosta de ser agora, com seu violão)? Então eles não teriam um excelente motivo para serem próximos, como filho e pai, mas também como tipo colegas de interesse na música?

Ter, têm motivo. Mas peraí: vai me dizer que nunca viu adolescente bronqueado com pai? Então é porque nunca olhou um adolescente de perto. Faz parte da coisa toda. É ruim, mas faz parte. Pois era assim que estava a relação do Tom com o seu pai: meio distante. Um tempão antes, o velho tinha sido o primeiro professor de violão do filho; ultimamente, um aluno do pai é quem dava as lições, ensinava, explicava, ajudava, mas sempre com a "sombra" do pai por perto – isso vendo a coisa pelo lado do Tom. E essa sombra era o ponto na cabeça e no coração do Tom: a sombra do pai, que era conhecido na cidade como um excelente violonista, ex-roqueiro e tal, agora professor na faculdade justamente de violão clássico... Por esta época aí, por mais que o pai quisesse estar próximo do filho, a favor dele, dando uma força para ele, Tom o rechaçava um pouco.

Assim é a vida, meu.

A viagem em si, normal. Sentaram lado a lado o Tom e o Carlitos, claro, enquanto o Marcelo ficou atrás, sozinho. Na boa, o argentino sempre ficava na dele, quieto, observando e sabendo que era observado.

O legal foi que tanto o Carlitos quanto o Tom estavam num astral de realmente fazer amizade com o Marcelo. Sabe-se lá por quê – talvez porque as viagens costumam deixar as pessoas mais vulneráveis, quero dizer, mais abertas ao que rolar na hora, a imprevistos. Não é bem assim? Vou te falar um negócio: assim é que tem que ser. Viajar com tudo calculadinho e com medo de enfrentar o novo, olha, é um tédio.

E ali o novo era o já conhecido Marcelo.

O resultado foi que os três engataram uma conversa legal em vários momentos. Falaram da escola, de alguns colegas, dos professores, de gente chata e de gente legal. Falaram de seus times de preferência. Das diferenças da vida na Argentina e no Brasil.

Tá, mas eu me esqueci de um detalhe importante: é que, começada a viagem de fato, o Marcelo trocou de lugar, indo se sentar na mesma fileira em que estavam os dois amigos, só que do outro lado do corredorzinho. Sabe como é? O lugar tinha ficado vazio, sem passageiro, e o Tom tomou a iniciativa de convidar o argentino para sentar perto deles. Por isso é que os três puderam conversar tanto assim, e sobre tantas coisas.

O Tom até cogitou pegar o violão, que é claaaaro que ele tinha levado junto, para tocar alguma coisa na viagem mesmo. Mas não rolou.

Menos de duas horas depois, o ônibus entrou na rodoviária da pequena cidade serrana, um friozinho legal no ar. E adivinha: ali estavam as duas, Amanda e Renata, sorridentes, uma com o braço enfiado no da outra, felizes de se notar a distância. E abraçaram um a um os que chegavam. Clima legal, na temperatura e no sentimento.

A casa ficava a seis quarteirões da rodoviária, pertinho, e para lá foram os cinco, caminhando, daquele jeito de garotada que anda junto, o tempo todo cada um angustiado para saber se o melhor era ficar ao lado deste ou daquele, se era mais legal atrasar o passo ou correr na frente, se cabia tomar iniciativa de algum assunto novo ou se o melhor era esperar pelos outros. Aquele friozinho na barriga.

A casa da Renata era bacaninha, mas, fala sério, não vou aqui ficar descrevendo a casa. Na boa, não tem cabimento. Tem?

Precisa mesmo saber alguma coisa? O que é que precisa saber? Quantos quartos e tal?

Tá bem: os três garotos ficaram num quarto só, que era no sótão da casa, enquanto as duas meninas se instalaram no quarto da Renata mesmo, no térreo, onde também ficavam outros dois quartos. Mais eu não falo, nada a ver. Precisa mais?

Tá, eu digo: havia uma lareira bem grandona na sala e uma mesa de pingue-pongue na garagem (desmontada, mas fácil de armar).

Nem deu pra ver direito a irmã de Renata e o namorado dela, porque ambos ficaram na deles, tomando as providências que precisavam tomar, rodando pela cidade em busca de bebidas e comidas para a tal festa, encomendando coisas. Isso significa que os nossos cinco queridos dispuseram da casa como quiseram. Isso implicava que eles precisariam preparar sua própria refeição se quisessem comer em casa. E eles queriam comer em casa?

Médio. Resolveram que o almoço ia ser num restaurante qualquer, mas que à noite jantariam em casa. Será que o cunhadão ia fazer um churrasco?

· 6 ·

Devagar com a coisa: faltou falar de muitos detalhes desse dia, antes de chegarmos à refeição da noite.

Foi assim: tão logo chegaram à casa, os garotos foram para o quarto designado, deixar mochilas e tal, porque a ideia era que, ainda antes do almoço, os cinco se reunissem para conversar sobre o trabalho. Quanto antes fizessem a parte pesada, melhor, pensava a Amanda, naquela de ser mais ou menos a líder do grupo. Ela disse isso, aliás, de modo claro para todos.

Marcelo topou na hora, assim como a Renata; o Tom e o Carlitos não mostraram grande entusiasmo pela proposta, mas, enfim, se era o caso, que fosse. A Renata logo definiu que a conversa ia ser na mesa do jardim de inverno. Não falei nele? Pois é, faltou: uma belezinha de jardim de inverno, parecia uma sacada, mas fechada, com janelões de vidro que davam para a rua. Como a casa ficava numa posição elevada em relação à calçada e ao leito da rua, a vista era ótima – dava para ver também outras ruas adiante, tudo muito cheio de árvores e arbustos, vários deles carregados de flores. Portanto, sentar à mesa desse jardim significava quase estar num ponto de observação panorâmico, lindo, agradável.

(Fazendo um pouco de literatura fácil, dá para dizer que dali eles podiam olhar para a paisagem da cidadezinha com bucolismo, tanto quanto os poetas árcades povoavam seus poemas de referências a paisagens singelas: natureza amena, riachinho correndo, uma nuvenzinha no céu, uma ovelha pastando ali adiante, tudo isso.)

Cada um pegou seu caderno de anotações ou seu laptop e para lá rumou. Só o Marcelo – um pouco para tirar onda, mas outro pouco porque tinha mesmo esse costume – disse que ia preparar um mate, um chimarrão (como se diz no sul do Brasil). Perguntou para a Renata se ela podia providenciar água quente, explicando que a água tinha que ser tirada do fogo antes de ferver, assim que a chaleira chiasse.

A Renata achou aquilo uma coisa praticamente divina, de tão linda. Um mate! Autêntico! Argentino! Muito legal.

Um com o mate e todos os cinco com seus papéis e suas anotações, nossos queridos e abnegados estudantes estão ali, agora, tentando achar o fio da meada.

Manja esse negócio de fio da meada? Imagem antiga, nem se entende mais. É do tempo em que era comum as mulheres comprarem meadas de lã para fazer roupas de tricô; as meadas eram extensos fios, enrolados de modo meio precário, o que requeria que, antes de começar a tricotar, fosse necessário pegar aquele emaranhado e transformar o fio em bolas enroladas, mais fáceis de manejar. Para isso, era preciso, antes de mais nada, encontrar a ponta do fio, ou seja, *o fio da meada*, e com ela começar o processo de desfazer a meada e formar um novo novelo. Entende como é?

Cultura inútil? Eu não acho. É história da língua, meu, que é a história íntima de todo mundo.

Uma das primeiras coisas que o Carlitos e o Marcelo constataram – eles que tinham levado seus computadores portáteis – foi que não havia internet a cabo instalada na casa; se quisessem conexão, precisariam apelar para uma lan house ou acessar a internet pelo smartphone. A Renata se desculpou: não havia lembrado de avisar o pessoal.

Ia fazer muita diferença? Nem tanta, na verdade. Todos tinham avançado bastante na preparação do material de pesquisa, e logo começou a rolar uma troca de informações sobre o que cada um havia trazido. Informações sobre a vida do Tomás Antônio Gonzaga e sobre a época; noções básicas, como a da diferença de clima entre a primeira e a segunda partes do livro, mas também outras mais sofisticadas, como a que revelava que era mesmo verdade que o cara tinha fama de narciso, de pavão, sabe como é. Isso sem contar que um dos sites pesquisados descrevia Tomás como um namorador, mulherengo. Teve talvez dois filhos com mulheres diferentes, sem casar com as respectivas mães. Tomás era um cara ligado à visão de mundo iluminista, mas nem por isso deixou de ter um escravo. Para ser nomeado juiz, precisou provar ao governo português que não tinha ascendentes judeus nem antepassados que tivessem se dedicado a trabalhos "baixos", isto é, em funções que envolvessem o uso das mãos. A época era preconceituosa e muito ruim para quem vinha de baixo e queria subir na vida.

As coisas sobre o poeta iam ficando mais concretas na cabeça deles. Tudo isso e também uma série de dados sobre Minas da época, sobre Ouro Preto, que, embora fosse uma cidade grande, não oferecia a mesma vida cultural elegante como a que o Tomás havia frequentado em Portugal, tanto no Porto quanto em Coimbra.

Enfim, abundância de dados.

Mas pergunto eu e pergunta o leitor atento: apareceu alguma nova e brilhante ideia, algo original e instigante, que chegasse perto de atender ao pedido do Daniel para que elaborassem um trabalho realmente legal, como encerramento do ano?

Vamos dizer toda a verdade: não pintou nada dessa ordem. Cada informação nova era comentada, examinada para ver se rendia algo, e iam adiante. As poucas horas que restavam daquela manhã evaporaram. Quando alguém se deu conta, passava já do meio-dia e meia.

Adivinha quem se deu conta? Certo, foi um dos rapazes, incomodado pela fome. Qual deles?

Não, não foi o Carlitos, mas o Marcelo, que tomou uns quantos mates, oferecendo sempre a todos – porém sendo acolhido em sua oferta apenas adivinha por quem? Ora, pela Renata, que achou amarga e estranha a bebida, mas recomendou que a Amanda experimentasse, porque afinal era um chá natural, aquela coisa toda. A Renata não perdia uma chance de agradar seu querido colega.

Almoçaram num daqueles restaurantes para turistas, com uma comida vistosa e meio sem graça, mas com cara de típica, para encantar viajantes. Foi jogo rápido, comeram e saíram a caminhar pela redondeza.

E no passeio aquela mesma angústia difusa que se instala nos corações de adolescentes em grupo, sobre como é melhor andar, ao lado de quem, com que velocidade, se falando ou seguindo calado, cada qual querendo, do fundo do coração e sem muito jeito, ser aceito, respeitado e amado pelos demais, essas coisas todas. Além disso, eles estavam mergulhados numa alegria besta, sem razão alguma, a não ser o fato de estarem ali, juntos, sem adultos por perto. E com a perspectiva da tarde e da noite, que não demorariam a chegar.

E não demoraram quase nada: as horas passaram assim (escute agora um barulhinho de estalo de dedos, leitor amigo). Quando chegaram de volta na casa, eram já quase quatro da tarde, porque aquele passeio rendeu. Foram até um velho trem, que depois de parar de funcionar foi transformado em centro cultural, na antiga estação ferroviária. Depois caminharam em direção a um famoso hotel, que tinha um jardim enorme e realmente sensacional na frente, aberto ao público. E por fim, só de farra e por alegria, entraram numa loja bem antiga, de roupas e outros produtos bem simples (até pão feito em casa havia ali, assim como ramos de plantas medicinais para chá, etc.), situada na praça central como se fosse uma fatia do passado metida no presente, uma teimosa permanência do mundo antigo no meio da transformação frenética daquela cidadezinha turística.

Compraram coisa alguma, mas a Amanda ficou muito feliz de ver aquilo, sentir o cheiro de coisas antigas, fora de moda, fruto do trabalho de gente com personalidade forte, que não se dobrava aos encantos e às regras da novidade a qualquer preço. Na verdade, não só ela amou o lugar: também o Tom gostou e fez questão de comentar isso. Não era por acaso que os dois tinham afinidade, até nisso: eram contra o consumismo desenfreado e a favor de que se comprasse apenas o necessário, de preferência produtos naturais, feitos manualmente.

E foi só eles chegarem em casa que já se deram conta, com tristeza e alguma apreensão, de que a tarde ia caindo. As garotas logo lembraram que era preciso montar um esquema para o banho, e os três rapazes foram para seu quarto, providenciar a arrumação para a noite. Ah, eles iam esquecendo... Como seria o esquema da janta: iam cozinhar? Haveria um churrasco do cunhado da Renata? Iam sair de novo?

A opção B foi a correta: logo que entrou no quarto, a Renata encontrou um bilhete da irmã oferecendo um churrasco para todos, lá pelas nove da noite. Os demais topavam? Claro que sim.

E assim seria, às nove da noite. Mas antes ainda rolou uma nova tentativa de reunião de trabalho, comandada desta vez pelo Marcelo, cheio de iniciativa, sentindo-se bem à vontade, integrado ao grupo e em harmonia com a casa toda. Por volta das seis horas, ele reuniu o pessoal na mesma mesa do jardim de inverno. E até que funcionou: repassando as informações que tinham trazido e já haviam visto de manhã, começaram a selecionar os aspectos mais marcantes delas.

Tipo: que o poeta Tomás Antônio tinha sido muito mencionado em jornais da época, em Portugal, num sinal de que ficou famoso mesmo na antiga metrópole. Que ele era um cara moderno, de ideias iluministas, afinadas com o que de mais avançado rolava no pensamento europeu. Que de fato foi um apaixonado por sua Maria Doroteia, e por isso, diziam as fontes da pesquisa, sua poesia vinha carregada de uma emoção genuína, que se transmitia a todos os leitores. E repassaram os dados históricos que tinham trazido, tanto os que o Daniel apresentara quanto os que eles mesmos haviam descolado sozinhos. O desenvolvimento forte e abrupto de Ouro Preto, sua enorme população, suas precariedades; aquela hipótese de que Tomás teria sido cogitado para liderar o novo país, que só não chegou a existir porque no meio do caminho houve uma traição.

Lampejos de alegria iluminavam, falando de modo figurado, o rosto dos cinco, na medida em que repassavam essas e outras informações. Eles demoraram em admitir, mas acabaram tendo que aceitar mais uma vez: era frustrante não conseguir encontrar alguma originalidade, uma hipótese para algum trabalho que fizesse diferença. Um trabalho legal, sim, sairia dali de algum jeito... Mas algo inovador? Como?

Algumas tentativas foram feitas, para encontrar alguma sugestão que pudesse conduzir ao desejado Trabalho Bacana: um mapa superdetalhado de Vila Rica, mostrando onde ficava a casa de todos os envolvidos no movimento da Inconfidência Mineira? Descartado pelo Tom como "coisa fora do tema". Uma montagem teatral, por exemplo, com o Tom fazendo o papel de Tomás e a Amanda de Marília, os dois declamando? Nada a ver, disse a própria Amanda. Uma animação de computador, dois bonequinhos sugerindo pastor e pastora, com os poemas logo a seguir, gravados...? "Dã, horrível", disse a Renata, que tinha sido a própria autora da proposta. E assim foi.

Com esse astral meio melancólico, de quem não tinha conseguido o que queria, é que a noite foi se deitando sobre a cidade – gostou da imagem? A noite se deitando é bacana, dá uma ideia de doçura, de coisa feita de modo ameno, delicado, como de fato estava acontecendo, e ainda mais porque ali, na serra, a luz do fim do dia era diferente. Não dá para dizer direito; parecia uma luz limpa, filtrada de modo a deixar passar só a parte transparente.Vai ver era apenas a ausência da poluição, que todos vivem respirando nas cidades grandes, sem se dar conta.

Chegou a noite e se instalou enquanto o pessoal tomava banho, botava roupa pensada para agradar – adolescente, sabe como é, sempre querendo ser amado... –, um perfumezinho tipo casual mas também bem pensado. E então se achegaram à área da churrasqueira, que ficava nos fundos da casa e onde já rolava o fogo e a preparação da carne. A noite ia ser legal.

· 7 ·

Não vou mentir pra vocês dizendo que ninguém bebeu álcool, porque o certo é que sim, beberam. Nada de exagerado, com uma pequena exceção: o Carlitos. Talvez porque estava naquela de falta de parceira e por causa da prolongada mágoa que sentia de Renata, ele foi fundo na caipirinha que o cunhadão tinha preparado. (Quer saber o nome do cunhado? Ah, fala a verdade: nem precisa... O cara é personagem totalmente secundário aqui. Não vou dizer, e é isso. Desculpa aí.) E depois o Carlitos sozinho esvaziou três latinhas de cerveja.

Amanda protestou e se encarregou de dizer que não era pra ninguém se detonar na bebida, porque não tinha cabimento, afinal eles estavam ali, no fim e no começo de qualquer conta, para trabalhar. O Carlitos ficou meio pesado, meio chato, mas não fez feio, nem ultrapassou os limites de seu corpo, naquela hora. Mesmo porque comeram bastante, primeiro pãezinhos e salsichões, depois carnes de três tipos, todas ótimas, e a cerveja foi sendo digerida ao longo das mais de duas horas da refeição.

Mas também isso acabou.

Lembrei agora: já contei a história daquele chinês? Um

sábio chinês que ia se aposentar? Então. O imperador para o qual ele trabalhava pediu que o sábio, antes de ir para a cidadezinha onde pretendia passar o resto de seus dias, deixasse com ele, imperador, uma frase, uma só que fosse, pequena ou grande, mas que pudesse ser lida numa hora de grande aperto, de grande dificuldade, para alívio da situação. Poderia ser? O sábio então...

Mas espera aí: eu não contei já essa história?

E assim que acabou o churrasco, fogo praticamente apagado, a irmã e o famoso cunhadão resolveram dar uma caminhada no centrinho, enquanto os nossos cinco amigos ficaram tentando adivinhar o que seria possível fazer, o que seria cabível fazer.

A Renata nem demorou nada para sugerir: acender a lareira, claro! Ficariam ali em roda do fogo e poderiam continuar a falar do trabalho, de tudo que se quisesse. Em seu mais profundo íntimo, ela estava feliz com a presença dos amigos, mas muito em particular com a do Marcelo, claro. E agora estava se desenhando uma nova cena, muuuuuuito legal: foguinho amigo, papinho... quem sabe o que poderia acontecer ali?

O Tom foi ao quarto e pegou o violão. Até tinha pensado em pegá-lo antes, na hora do churrasco, mas ficou meio intimidado com a presença do cunhadão (daqui a pouco, de tanto falar no cara eu vou acabar tendo que dizer o nome dele) e da irmã da Renata. Agora, com a parceria dos colegas, era certo que o violão ia ter função. Descascou o instrumento de sua caixa de viagem, afinou – levou um tempo grande nisso – e começou a dedilhar umas coisinhas, alguns riffs de guitarra de canções que todos eles conheciam, outras coisinhas que ele improvisava, nada de forte, tudo de agradável. Andava escutando muito rock antigo, tipo Beatles, e ali tocou umas quantas músicas deles, quase nunca cantando junto. Mas quando cantava era legal também, afinadinho o cara.

E os outros se aconchegando em volta. A Amanda deitou-se no sofá, tendo o Tom bem perto de si. Ele estava sentado direto no tapete, com as costas no assento do sofá, e ali a Amanda se aninhou, de forma que sua cabeça ficou a centímetros do rosto do Tom. Um ar de namorinho, total.

O Carlitos ficou perto da lareira; intuiu que o melhor a fazer era se encarregar do fogo mesmo, e por isso ficou remexendo no braseiro, colocando mais uma acha de lenha a cada tanto, vidrado na luz linda e enigmática das chamas. Só que sua cabeça girava um pouco, efeito da bebida, ainda. Discreto ele era, mas não dava pra negar que algum efeito tinha tido aquele álcool todo.

(Falando em fogo: sabia que, dizem, só para duas fontes de luz a gente olha sem piscar? Li em algum lugar. O fogo e a televisão. Troço sinistro essa dupla, não é? Eu acho.)

O Marcelo, sinceramente, parecia se sentir mais em casa do que nunca, à luz da lareira. Ele puxou conversa mais de uma vez com o Carlitos, a quem não via como inimigo ou concorrente, longe disso; mas mesmo assim era claro, para quem estivesse observando com atenção a cena – como nós, agora –, que a Renata olhava para o argentino com, poderíamos dizer, calor, um calor parecido com o do fogo da lareira. E olhava com mais do que simples interesse – era mesmo encantamento.

E o Carlitos ali, querendo se comportar direito, mas com certa alteração de consciência: uma parte dele até pensou em reagir, em mandar o Marcêlo (sacanagem com a pronúncia do argentino) tomar lá naquele lugar, em brigar pela Renatinha, aquela rainha (riminha fácil que saiu da cabecinha tonta dele); mas a outra parte foi mais forte, racionalizou, segurou o lance todo. Quem prestasse bem atenção veria que o Carlitos assoprava forte para baixo, cada vez que uma ideia do mal atravessava sua cabeça. Se controlou.

E, bem: uma coisa que as meninas não tinham contado aos rapazes era uma surpresa, que agora ia ser revelada: elas haviam comprado os ingredientes para fazer fondue de chocolate. Beleza total, para quem gosta de chocolate, claro. Para quem gosta e pode comer. E era o caso de todos os cinco. Incluindo o Carlitos, que poderia se refazer do pequeno e controlado porre.

Tá tudo certo nessa cena, não tá?

Tá sim. Só não se deve esquecer de que esta noite também vai passar, e assim também o domingo e os dias seguintes, até chegar o dia de apresentar o trabalho, para o qual ninguém tinha tido ideia alguma que valesse a pena.

Nenhum deles estava muito a fim de pensar no tema, mas não é que o assunto apareceu? Foi quando o Tom, remexendo nas cordas de seu violão, fazendo umas cantoriazinhas para enfeitar o que ia tocando, e cheio de tranquilidade, convocou o Carlitos:

— Carlitos, e nós não vamos terminar aquela nossa nova música? Lembra dela?

Tão tranquilo estava que começou a cantar aquele trecho de letra que, bem, nós já vimos aqui:

Esta canção quer te alcançar
É agora, tem que ser agora, é agora
Amor, é difícil de dizer, vem, vem, vem
Eu tenho um coração maior que o mundo...

— Lindo esse negócio de "coração maior que o mundo" — disse, sincera, a Renata.

Quem entrou na conversa foi o Carlitos, explicando que aquele era um verso de um dos poemas do livro *Marília de Dirceu*, que o Tom tinha desencavado e agora estava usando na composição da canção.

As duas garotas comentaram que era mesmo interessante e tal, e a conversa se perderia por aí, não fosse uma providencial lembrança do Carlitos:

– Eu já falei para vocês que o Tomás fez letras para muitas modinhas, quer dizer, letras de música popular daquela época?

O Tom imediatamente deixou o violão de lado e perguntou:

– Como assim? Que eu saiba, só o Domingos Caldas Barbosa é que era compositor, não é? O Daniel falou na aula.

O Carlitos, animado com a atenção de todos, leu a anotação que tinha trazido, em várias folhas tiradas de uma pasta de plástico que estava ali, na mesinha de centro da sala da lareira:

– "Modinha imperial, autor desconhecido, letra de Tomás Antônio Gonzaga". Deixa eu ver mais: aqui está.

E leu o poema todo, com seu título, não sem antes dizer que ele tinha sido encontrado numa das fontes pesquisadas, onde também leu que Tomás havia sido bastante musicado, porque seus poemas eram muito fáceis e muito eficazes como canções de amor. Essa característica de sua poesia havia sido o principal motivo de ele ter ficado famoso e sido o primeiro autor brasileiro considerado um best-seller.

Acaso são estes

Acaso são estes
Os sítios formosos
Aonde passava
Os anos gostosos?
São estes os prados,
Aonde brincava

Enquanto pastava
O gordo rebanho
Que Alceu me deixou?

São estes os sítios?
São estes; mas eu
O mesmo não sou.
Marília, tu chamas?
Espera, que eu vou.

Daquele penhasco
Um rio caía;
Ao som do sussurro
Que vezes dormia!
Agora não cobrem
Espumas nevadas
As pedras quebradas;
Parece que o rio
O curso voltou.

O poema não era lá tão fácil assim, tinha um certo Alceu no meio do caminho, mas também não apresentava grandes dificuldades, afinal Marília estava ali, e dava para ver logo que se tratava de um apaixonado, que dizia ter-se modificado, ao contrário da paisagem, que continuava a mesma. Tom pegou o papel da mão de Carlitos para reler algumas passagens.

– Meu, isto aqui talvez seja a nossa grande novidade – proclamou o Tom. – Por que a gente não tenta um lance com música?

– Tinha o tal Domingos também, não é? – lembrou Carlitos. – Será que é o caso de juntar eles dois? Será que a gente consegue saber como eram as melodias e tudo o mais?

– E quién conhece as mússicas deles? – Era o Marcelo querendo saber.

Rolou uma certa animação, pode crer. E alguém lembrou, otimista, que com certeza seria possível encontrar na internet tudo que fosse necessário. E se não havia conexão ali, na casa, muito que bem, porque no dia seguinte voltariam para a cidade, e aí era só meter bronca.

E dali em diante o que aconteceu foi que o ambiente se desanuviou, por completo. O Tom engatou umas músicas no violão, alguns cantaram trechos junto; o cunhadão (sem nome, definitivamente) chegou com a irmã da Renata e mais duas outras garotas, amigas do casal, que também estavam na cidadezinha para o fim de semana, e todos se acomodaram por ali. Nem precisa dizer que até o Carlitos se animou todo e, como era seu hábito, começou a fazer piadas para alegrar o ambiente, gracejando com o Tom, com o Marcelo, fazendo figura junto às moças que haviam chegado.

A Amanda, com cuidado e decisão, começou a fazer um cafuné na parte de trás da cabeça do Tom que eu vou te contar, que troço bom – não que eu tenha sentido, mas pô, dava para ver que era um carinho total. E veja como são as coisas: foi preciso que *ela* tomasse a iniciativa, porque o Tom, naquela patetice de garoto de 15 anos, não se tocou que podia e mesmo devia começar...

De sua parte, a Renata foi se sentar ao lado do Marcelo, aparelhada com um sorrisão a que ninguém, nem o penhasco do poema, resistiria. E assim os dois engataram uma parceria que prometia bastante. Quanto? Só o futuro poderia dizer.

Eram já umas três da madrugada quando o casalzinho (cunhadão e a irmã de Renata) se retirou, depois uma das duas convidadas extras se foi e, bem, eu resolvi deixar o pessoal ali. Não me meto nisso. Tá tudo bem, ainda tem lenha, muita lenha para queimar, se é que você me entende.

· 8 ·

Tanta coisa aconteceu depois daquela noite, à beira do fogo, na casa da serra...

Dois parezinhos nasceram ali, naquele momento. Precisa dizer quem são?

Tom e Amanda, Marcelo e Renata, claro. (O Marcelo mudou de ideia sobre permanecer no Brasil, falando nisso. Começou a achar que era o caso de pensar no futuro por aqui mesmo... Não que tivesse abandonado totalmente a lembrança da Paula portenha, mas agora sua angústia demorava muito a aparecer, e quando vinha era muito mais amena do que antes.)

Não é que tudo tenha sido o famoso "mar de rosas". Nunca é, de fato. O Tom e a Amanda, que já se gostavam silenciosamente, ainda precisariam de muita convivência para se assumirem como namorados, algo assim mais sério. O que sim eles faziam era saírem juntos, conversarem mais, darem uns amassos nas festas, normal. Ela logo falou em sua casa sobre o parceiro, para a mãe e para a velha Arminda, lembra dela? Toda força do mundo deram as duas. Já o Tom...

Como quase todo garoto, o Tom não gosta de abrir seus sentimentos para os outros. Prefere ser visto como durão, como alguém que não dá mole para o que vai no coração. Ele falou com pai ou mãe? Claro que não.

Aliás levou um papo com o pai, mas não sobre a Amanda.

Tanta coisa boa, tanta coisa ruim, como é costume acontecer na vida de todo mundo. Mas no que interessa aqui, foi tudo se encaminhando bem: o grupo realmente decidiu que o trabalho ia ser algo ligado à música. Afinando a ideia, consultando gravações de modinhas com letras dos poemas de Tomás Antônio Gonzaga, o famoso TAG, o íntimo Tom Tonho, enfim o poeta de Marília, o pessoal do grupo foi mergulhando numa bela jornada de conhecimento.

Primeiro foi o susto de ver a fama do poeta como letrista; depois conheceram ainda mais detalhes de sua vida, de seu livro *Marília de Dirceu*, que realmente foi o primeiro livro brasileiro a vender muito e por muito tempo em todo o Brasil; por fim, aprenderam a ouvir modinhas, um estilo de música a que ninguém mais estava acostumado. Nas gravações que conheceram, as intérpretes eram apenas mulheres, cantando com uma voz fininha, "empostada", como dizem os que manjam o assunto, acompanhada de cravo, um instrumento que o grupo também não conhecia, um parente do piano.

E foi aí que o Tom precisou encarar sua bronca com o pai. Não para confessar que estava apaixonado pela Amanda, mas para perguntar a ele sobre modinhas, cravo, voz empostada, tudo isso e mais um tanto. O pai conhecia bastante o assunto e tratou de mostrar que muito do que a modinha inventou existe até hoje, nas canções de amor, pelo mundo afora.

Aliás, esse foi um dos maiores aprendizados do Tom e de seus amigos. Abriu-se para o grupo um verdadeiro caminho novo, que ia aqui do presente até a Minas Gerais do século XVIII, e de lá de volta para o presente. Entre esses dois extremos, os cinco estudantes foram descobrindo uma linhagem impressionante de modinhas, depois de lundus, mais adiante de polcas e maxixes, sambas de vários tipos, até chegarem à bossa nova e aos cantores dos anos de 1970 e 1980, culminando com artistas bem recentes, dos anos 2000. Uma riqueza sensacional.

Na escola, foi a Amanda quem teve a iniciativa de conversar com o Daniel sobre a ideia, que já estava se transformando num espetáculo musical. Ainda não estava bem claro, mas por enquanto estavam pensando em montar um pequeno show com canções de amor, desde o tempo de Tomás Antônio Gonzaga até o presente. Claro que a poesia do nosso árcade ia ter que ocupar um lugar de certo destaque, mas a ideia era justamente ampliar a coisa, apresentando o poeta talvez como o primeiro a tratar do tema do amor de modo tão sensível, o que acabou resultando em sua permanência na cultura brasileira.

Daniel não apenas gostou da ideia como sugeriu, imediatamente, que o grupo fosse conversar com um professor novo na escola, que dava aulas de português para outros anos e que não apenas gostava do assunto como era, ele mesmo, um cancionista, já com disco gravado e tudo. Seu nome, Guto.

Daniel não se surpreendeu com aquela faísca de criatividade do grupo. Aliás, professor que gosta de seu ofício em geral é sensível para saber que alunos vão render. E o Daniel, gente boa que era, não errou ao pensar que aqueles cinco poderiam ir bem longe no trabalho.

E o Guto foi muito legal, como era de se esperar de alguém que pratica música e gosta de poesia, sendo inventor de canções. E com ele, mais o auxílio a distância do pai do Tom – no início meio cauteloso, para não invadir o espaço do filho, mas com o tempo mais próximo, percebendo o afrouxamento da bronca entre eles – e de outros pais e amigos, o grupo foi desenhando um roteiro. Tudo começaria com TAG e Domingos Caldas Barbosa, passaria por Noel Rosa, depois por Vinícius de Moraes e Tom Jobim, em seguida viria Chico Buarque, até chegar a Marcelo Camelo. Sempre pelo caminho das canções de amor, que todos eles compuseram em alto nível.

O Tom, bem, ele realmente mergulhou com tudo no trabalho e, junto com Carlitos, foi o maior responsável pela pesquisa e pelo roteiro. O Marcelo, a Amanda e a Renata cuidaram mais da parte prática da produção, além de terem pesquisado sobre as biografias de todos os compositores envolvidos. Na hora do show, ia haver uma locução dessas pequenas histórias de vida, entremeada com a leitura de trechos da *Marília de Dirceu* e de outros poemas da época, tudo concatenado com a execução das canções especialmente escolhidas, em arranjos variados, quase sempre com o violão do Tom, mas de vez em quando contando também com um pianista, um aluno do pai do Tom, que topou ajudar. A parte vocal seria dividida entre os cinco, em formações diferentes, conforme o caso. Nem te digo: a Renata mostrou ter uma voz superafinada, clara, limpa, agradável de ouvir. Virou a intérprete predileta do grupo.

Aquela canção iniciada lá no começo desta história encontrou seu desfecho adequado e, naturalmente, acabou entrando no show. *Entrou*, somente, não: abria e fechava o show. O Tom tratou de incorporar à letra outros versos de Tom Tonho, como "Oh, quanto pode em nós a vária estrela", que mesmo sem ele entender direito, no começo, ficou vibrando em seu coração e depois fez todo o sentido. "Vária estrela" é algo como "destino incerto". Uma beleza de imagem, não é?

No fim, a canção ganhou até um *recitativo* – o Tom aprendeu esse nome com seu pai –, uma passagem em que os instrumentos continuavam a tocar, enquanto uma voz dizia os versos fora da melodia principal. Para essa parte, a passagem escolhida foi: "Prendamo-nos, Marília, em laço estreito / gozemos do prazer de sãos amores". Tom achou o sentido meio confuso, mas entendeu que se tratava de uma cantada amorosa forte, com pegada.

Acho que esqueci de dizer: a esta altura, a história entre Tom e seu pai já tinha dado uma pequena reviravolta. Não é que a bronca tivesse passado totalmente. Mas algo havia mudado. Foi num dos dias em que o Tom estava em casa, com o parceirão Carlitos, e os dois tentavam e tentavam tirar no violão uma das canções que iam entrar no trabalho. Certo, tinham visto na internet uma anotação com os acordes e tal, mas o ouvido exigente do Tom não se satisfez – ele queria uma coisa mais precisa, queria mais acordes entre um verso e outro, para ficar parecido com a gravação que ele tinha de cor na cabeça. Manejava o violão, tentava, trocava os dedos de lugar e de corda, em busca do acorde exato, e nada.

Numa dessas, o pai do Tom entrou em casa e foi até o quarto do filho dizer oi. Fez festa para o Carlitos, velho conhecido. Mas o Tom manteve a cara fechada; seu olhar buscou o do pai, como se seus olhos perguntassem o que a boca estava proibida de indagar. E o velho entendeu que tinha algo, mesmo no silêncio. E tomou a iniciativa, já com o corpo em direção à porta, mas com a cabeça ainda virada para dentro do quarto:

– Filho, alguma coisa em que eu possa ajudar?

O Tom queria matar seus olhos, quando se deu conta do efeito.

– Nada, não preciso de nada! – Quase gritou.

– Se precisar, me fala. Eu tava ouvindo o teu violão, quando entrei, e logo pensei, pô, tá craque esse meu filho. Achei perfeita a sequência dos teus acordes, Tom, na passagem para o estribilho.

Foi a vez do Carlitos entrar no papo:

– Mas, Tom, não estava faltando uma coisa aí, não tava?

– Falta nada – disse o pai. – Tá perfeita a sequência. Manda bala, filho. E se precisar, me chama.

Saiu e levou com ele a nuvem preta que estava quase fazendo desabar um temporal em cima do Tom. Porque, fácil de entender, o Tom ficou muito feliz com as palavras do pai, que era exigente pra burro e não elogiava fácil. E ele tinha sido tão legal, tão próximo, e principalmente tão não invasivo, que o Tom ficou aliviado. Nada como a gente encontrar sintonia em casa.

Finalmente chegou o dia da apresentação, como costumam chegar os dias do futuro. Porque o tempo passa, sabe como é? Assim mesmo.

A produção perfeita, cenário bacana, imitando umas imagens antigas de Ouro Preto, sobre as quais apareciam casais de namorados em desenhos ultramodernos e cores gritantes, fazendo um contraste legal.

Na plateia, adivinha: todo mundo. O Daniel e o Guto certos, entre outros professores; também alguns familiares dos cinco; e todos os colegas. A divulgação tinha badalado bastante, em uns cartazes, mas principalmente nas redes sociais. O nome do espetáculo e trabalho de fim de ano foi intitulado, sem tanta originalidade, "Modinhas e outras modas". Naquele momento ninguém sabia ainda, mas o show ia depois ser repetido para a escola toda, naquele mesmo final de ano.

Frio na barriga, os cinco atrás das cortinas, tudo afinado. Os cinco desejando muito que aquela angústia passasse logo.

(Aliás, tem aquela história do sábio chinês. Já contei?)

No centro do palco, com seu violão, ao lado das duas garotas do grupo e contando com a presença dos dois parceiros nos bastidores, nessa canção de abertura, Tom olha para o lado e diz:

– Vai!

Abre-se a cortina.

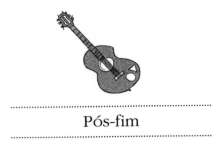

Pós-fim

Ia esquecendo de terminar a história do sábio chinês, mas lembrei a tempo de retornar aqui para contar o desfecho.

Ocorreu que o sábio deixou mesmo uma frase para o imperador, uma frase de sabedoria, como tinha sido pedido. Uma frase que pudesse ser uma rápida e certeira filosofia, para ser acessada em momento de total desnorteio, de necessidade forte de reencontrar o rumo certo para a vida. Uma frase que contivesse uma verdade universal, uma sentença definitiva sobre o sentido de tudo.

A frase ficou numa pequena caixa, sem maior importância em si, a não ser pelo fato de conter exatamente aquela frase. Mas o sábio, na hora de se despedir, enfatizou: o imperador não deveria lê-la diante de qualquer contrariedade, de um problema simples. Era preciso esperar pelo horror dos horrores, pela situação definitivamente desesperadora. Antes disso, a frase não teria sentido e, portanto, não faria efeito.

Certo?
Tudo certo.
E lá se foi o sábio para seu derradeiro retiro.

E o imperador, por sua vez, continuou imperando. Não

tardou, vieram os problemas, que cedo ou tarde chegam para todo mundo. Primeiro foi a doença de seu pai, que o levou à morte. O imperador sofreu muito, mas pensou: "Isso passa; ainda não é hora de ler a frase do sábio".

Veio depois uma terrível cheia, que inundou um terço do reino, desalojando milhares de súditos do imperador, que então muito sofria, porque era bom e justo. Lembrou-se de recorrer à frase, mas pensou que havia muita coisa para fazer na prática, muitas providências a serem tomadas, e que, no final das contas, aquilo também iria passar: os rios iam baixar e, com o esforço de todos, a vida retomaria seu rumo.

Outros tropeços se antepuseram no caminho do imperador, porém ele resistiu firme. Até que um dia seu reino foi atacado por um exército inimigo, poderoso e impiedoso. A capital foi cercada e depois tomada; a guarda do imperador começou a perder até mesmo o controle do palácio; familiares do imperador foram presos e ameaçados; por fim, os inimigos chegaram à antessala do trono, já rosnando como cães ferozes.

Foi então que o imperador decidiu ler a frase do sábio, porque situação pior que aquela não poderia haver. Ouvindo já os passos do inimigo por perto, ele abriu a caixinha, desdobrou o papel e lá leu: "Também isso passa".

Já adivinhou, não é?

Se não sacou, eu explico: esta história aqui é uma homenagem ao Carlitos. Meio atrapalhado, mas gente muito boa, ele sofreu um tanto com esse desencontro, essa rejeição da Renata, e com a solidão que se seguiu ao começo do namoro dela com o Marcelo – Marcelo que, aliás, e por mais paradoxal que pareça, tornou-se muito amigo do Carlitos, um amigão mesmo, quase tanto quanto o Tom, que por sua vez engatou mesmo namoro firme com a Amanda.

Mas, Carlitos, meu velho, deixa eu te dizer uma coisa: vai por mim que também isso vai passar. A vida é legal. Vai em frente, cara.

Outros olhares sobre Tomás Antônio Gonzaga

Você conheceu a história dessa turma e acompanhou a descoberta da obra de Tomás Antônio Gonzaga. Nas páginas a seguir, saiba mais sobre esse autor, que é um dos mais importantes escritores da nossa literatura.

A infância e a mudança para o Brasil

Portugal, 1744. Tomás Antônio Gonzaga, o poeta que imortalizou Vila Rica, nasceu bem longe das Minas Gerais e viveu na Europa até a idade de 7 anos, criado pelas tias maternas – já que ficara órfão de mãe aos 10 meses.

O pai foi designado para o cargo de ouvidor-geral de Pernambuco em 1752 e trouxe consigo, para Recife, o filho Tomás. Em seguida, o garoto foi matriculado no Colégio da Companhia de Jesus, em Salvador. Lá permaneceu até 1759, quando os jesuítas foram expulsos do Brasil, por ordens do Marquês de Pombal (1699--1782), então primeiro ministro do rei português dom José I.

Dois anos depois, o jovem Tomás, com 17 anos, voltou a Portugal para cursar Direito na Universidade de Coimbra. Entusiasmado com os ideais iluministas, tornou-se um admirador das reformas do Marquês de Pombal, de quem seu pai era amigo e homem de confiança.

Entre estudos e amizades

Após concluir seus estudos, Tomás assumiu seu primeiro posto na magistratura, na cidade portuguesa de Beja, onde também frequentava a alta sociedade.

Com boas relações sociais e bem-sucedido na carreira jurídica, foi nomeado ouvidor-geral de Vila Rica (hoje Ouro Preto), em Minas Gerais, no ano de 1782. Era um cargo de prestígio em um lugar que, na época, fazia jus ao nome: a mais rica e populosa comarca da colônia. A extração de ouro e diamantes atraía homens livres e escravos, ricos e pobres, em busca dos mais variados serviços. Era o desenvolvimento urbano que começava, ainda que timidamente, no século XVIII brasileiro.

Escravos trabalhando na mineração por Johann Moritz Rugendas.

Muito bem recebido pelas autoridades locais, Tomás usufruiu de sua posição social e começou a frequentar um seleto grupo, formado pelos homens cultos da cidade, naturalistas, padres, intendentes, entre outros. Reencontrou Alvarenga Peixoto (1742-1789), que havia conhecido ainda na Universidade de Coimbra, e começou uma longa amizade com Cláudio Manuel da Costa (1729--1789), mais velho do que ele e com uma obra poética já reconhecida por seus pares.

O grupo fazia reuniões frequentes – as famosas *tertúlias* – nas quais se discutiam filosofia, política e literatura. O ambiente ilustrado e as amizades foram fundamentais para o desenvolvimento do poeta, mas o encontro com uma jovem de 17 anos o motivou, sobretudo, à expressão poética.

A paixão que ficou famosa e virou símbolo

Maria Doroteia Joaquina de Seixas (1767-1853) tinha 17 anos quando conheceu Tomás Antônio Gonzaga, que então já completara 40 anos. Nem a diferença de idade nem a oposi-

Casa de Maria Doroteia Joaquina de Seixas, demolida em 1927. Tamanha é a mistura entre ficção e realidade que o lugar era conhecido como "Casa de Marília de Dirceu".

ção da abastada família da moça desanimaram a paixão de ambos. Nesse momento, o jurista e o burocrata deram lugar ao poeta; nasceu a inspiração para a criação do eu lírico Dirceu e de sua musa Marília.

Seguindo os padrões da poesia árcade, Tomás cria uma máscara bucólica – não adota apenas o pseudônimo de Dirceu, mas escreve como se ele e sua amada fossem pastores e vivessem no campo (algo chamado de *pastoralismo* nos manuais de literatura).

Fica a pergunta: será que essa delegação poética, essa maneira de dedicar seus poemas à Marília (e não diretamente à Doroteia), e assiná-los com outro nome, não seriam também maneiras de driblar a vigilância da família da moça? Talvez, pois Gonzaga não queria apenas Marília de seus versos: queria Doroteia, real, como sua esposa.

Vencendo todos os empecilhos das diferenças de idade e fortuna, finalmente em 1787 o pai da moça, doutor Bernaldo da Silva Ferrão, consente no casamento. O poeta tinha pressa, pois havia sido nomeado desembargador da Relação da Bahia e não queria se afastar da noiva: preferia assumir o novo cargo já casado, e levar Doroteia consigo.

A conspiração e a traição

Estabelecido na carreira e noivo da mulher amada. Tudo parecia muito bem na vida pessoal do autor, mas seu destino mudou. Envolvido nas intrigas políticas de Vila Rica, a trajetória do poeta transformou-se brusca e irremediavelmente.

Com a política de exploração máxima dos minérios brasileiros, a extração do ouro começou a escassear e decair. Porém, a Coroa portuguesa continuou a exigir o pagamento de pesados impostos, levando a população ao endividamento. O clima de insatisfação e tensão tornava iminente o conflito com as autoridades portuguesas.

Óleo sobre tela / Coleção particular, Londres, Reino Unido.

Pastor e pastora repousando (detalhe, 1761), de François Boucher.

Em 1783, Luís da Cunha Menezes assumiu o cargo de governador de Vila Rica, o que veio a agravar a situação. Tomás opôs-se, tanto abertamente, protestando contra as autoridades, como às ocultas, através da escrita das *Cartas chilenas*. As Cartas, assinadas pelo personagem Critilo, eram poemas satíricos que criticavam os desmandos de um certo Fanfarrão Minésio, governador do Chile. Mas qualquer leitor da época reconhecia que, no lugar de Chile, podia-se ler "Vila Rica", e que o tirano retratado era, na verdade, o próprio Cunha Menezes.

A autoria das *Cartas Chilenas* era um segredo tão bem guardado que gerou polêmicas durante mais de um século. Por semelhanças estilísticas com outros poemas que Tomás Antônio Gonzaga publicou em vida, comprovou-se sua autoria – mas isso apenas por volta de 1940, por meio dos estudos de Manuel Bandeira (1886-1968), um dos grandes poetas do nosso modernismo.

A oposição clara ao governador trouxe a Tomás algumas retaliações, como acusações de corrupção. Mas a situação piorou quando foi decretada a chamada *derrama*, expressão que designava a cobrança integral dos impostos atrasados. Um grupo de intelectuais começou a alimentar sonhos revolucionários: libertar Vila Rica da tirania do governo português.

Se os ideais políticos do grupo não eram bem definidos (uns sonhavam com uma monarquia independente; outros, com uma república nos moldes dos Estados Unidos da América), suas ações menos ainda. Contudo, a ameaça da derrama os levou a pensar num levante armado, que não chegou a se

Vila Rica (c. 1820), de Arnaud Julien Pallière.

Prisão de Tiradentes (1914), de Antônio Parreiras.

concretizar: Joaquim Silvério dos Reis, infiltrado entre os rebeldes, delatou o plano, indicando Tomás como o líder do grupo. No dia 21 de maio, o poeta foi preso e sua história de amor com Doroteia chegava ao fim.

O exílio

Por conta de seus desafetos, Gonzaga havia sido apontado como líder do movimento de 1789, que depois seria conhecido como Inconfidência Mineira. Na verdade, por não querer se comprometer, ele teria sido apenas um simpatizante da causa, à qual aderiram seus amigos mais próximos: Alvarenga Peixoto e Cláudio Manuel da Costa, que também foram presos – os três foram enviados à fortaleza da Ilha das Cobras, no Rio de Janeiro. Apenas ao alferes Joaquim José da Silva Xavier, conhecido como Tiradentes, coube a pena de morte em praça pública. Os demais obtiveram o perdão da Coroa, mas foram condenados ao exílio. Cláudio Manuel da Costa, antes de receber a sentença, suicidou-se na prisão (segundo as fontes oficiais, bastante contestadas).

Tomás continuou a escrever no cárcere, aproveitando os novos temas surgidos da dura experiência vivida. Em 1792, sua pena de degredo perpétuo em Angola foi atenuada para dez anos de exílio em Moçambique. No mesmo ano, partiu para a África, onde também é bem recebido: a fama de poeta e a aura de perseguido político por conta de ideais libertários atravessara o oceano e lhe ga-

Retrato de Tomás Antônio Gonzaga.

rantira boas relações e oportunidades.

Portanto, não passa de lenda a história de que o poeta morrera pobre e infeliz, após a perda de sua Marília. Ele prestou serviços ao ouvidor de Moçambique, ganhou dinheiro como advogado e se estabeleceu também como comerciante. Um ano depois, em 1793, casou-se com Juliana de Sousa Mascarenhas, única herdeira de uma grande fortuna proveniente do tráfico de escravos.

Em 1806, assumiu novamente funções públicas, como procurador da Coroa e da Fazenda e, em 1809, como juiz da Alfândega. Entretanto, ele não voltou à poesia: não se tem notícia de nenhum poema escrito em Moçambique.

Mesmo assim, no ano em que faleceu, 1810, a fama de poeta de Tomás já estava estabelecida com as sucessivas edições do livro *Marília de Dirceu*.

O sucesso literário

A primeira parte dos poemas líricos do autor foi publicada pela primeira vez em Lisboa, em 1792, por seus amigos, quando ele ainda estava na prisão. O livro fez um grande sucesso, de tal forma que, em 1810, ano da morte do poeta, surgiu uma falsa terceira parte da obra (cuja versão autêntica só apareceria em 1812). Em 1825, seus poemas foram traduzidos para o francês e, em 1844, para o italiano. O nome de Tomás e Doroteia, ou melhor, de Dirceu e Marília, já estavam imortalizados pela poesia – tal como diz o pastor à sua amada, em um de seus belos versos:

*Em vão terias
essas estrelas
e as tranças belas,
que o céu te deu,
se em doce verso
não as cantasse
o bom Dirceu.*

(*Marília de Dirceu*, primeira parte, lira XLIX.)

Doroteia faleceu, mas não Marília, que se tornou um dos

Pastora sentada com ovelhas e cesta, de Fragonard.

primeiros mitos femininos da literatura brasileira. Ao mesmo tempo que é a figura convencional da pastora, estabelecida pelo arcadismo, "de chapeuzinho de palha, corpete de veludo e cajado florido", com "rosas nas faces e cabelos de ouro", Marília se desprende desse lugar-comum ao se deixar observar em seu ambiente doméstico, na figura de esposa e mãe, atuando nos sonhos do pastor-ouvidor Dirceu.

Essa dualidade é a grande novidade da obra de Tomás Antônio Gonzaga: se, por um lado, encontramos todos os temas e técnicas de uma poesia convencional, por outro, pulsa em muitos versos uma sinceridade poética incomum para a época.

A inspiração na Antiguidade

Somente a partir do romantismo que a expressão de sentimentos pessoais será comum na poesia. Antes disso, os poetas seguiam temas tradicionais, inspirados na Antiguidade clássica. O *neoclassicismo*, como o próprio nome já diz, faz parte desta vertente que busca na literatura antiga clássica os referenciais da arte. Por isso, a imagem da lira que acompanha o poeta, que canta seus versos; a presença constante das personagens da mitologia grega, especialmente Apolo (deus relacionado ao Sol e à música), Vênus e Cupido (divindades relacionadas ao amor); os pseudônimos latinos ou que façam referência à mitologia (como Glauceste Satúrnio, por exemplo, era o pseudônimo de Cláudio Manuel da Costa, referente a "Glauco" e "Saturno", deuses romanos).

É também da literatura antiga clássica (especialmente da

Pastores da Arcádia (1650), de Nicholas Poussin.

Óleo sobre tela / Museu do Louvre, Paris, França.

poesia de Anacreonte, poeta grego, Horácio e Virgílio, poetas romanos), que provém o elogio da natureza e da vida campestre, simples e equilibrada. Por esse motivo, os autores do século XVIII designavam academias poéticas como *Arcádias*, já que esse era o nome de uma antiga região grega habitada por pastores. No movimento árcade, todos os autores adotavam uma identidade pastoril e versavam sobre os mesmos temas: a descrição da natureza como lugar aprazível, onde ocorre o encontro amoroso; a passagem inevitável do tempo (*tempus fugit*), que leva a juventude e a beleza; a urgência em aproveitar o dia (*carpe diem*) e gozar a vida.

Um quê de romantismo?

Mas, embora Tomás já escrevesse versos desde a sua juventude e conhecesse os poetas neoclássicos, sua produção poética só ganhou notabilidade em Vila Rica, quando a bagagem de convenções árcades se misturou às experiências pessoais – a paixão por Doroteia insuflou novo ânimo na vida e na obra do poeta.

Esse individualismo ainda se faz mais perceptível se considerarmos que, em boa parte dos poemas de *Marília de Dirceu*, o tema não é Marília, mas o próprio Dirceu, suas expectativas de felicidade amorosa ou sua solidão e infortúnio (principalmente na segunda parte do livro). Essa incidência do eu faz com que pensemos que o título mais apropriado da obra seria *Dirceu de Marília*.

Entre a tradição literária e a emoção pessoal, a obra de Tomás faz dele um poeta único e aumenta sua importância entre seus contemporâneos. Em vez de uma poesia rebuscada, de estrutura e vocabulário complexo, ele opta por liras, poemas de metros curtos, de musicalidade marcante e vocabulário simples.

Os versos de Tomás Antônio Gonzaga são cristalinos como os rios que descrevia, nos lugares amenos onde evocava a presença de Marília – lugares estes que ainda conservam seu frescor, sua graça e sua sonoridade para o leitor contemporâneo.

Marília de Dirceu (1957), do pintor mineiro Alberto Guignard.

Óleo em nicho de parede, sobre base preparada em gesso e cola / Coleção particular.

O voraz tempo ligeiro corre

O tempo passou, mas a obra de Tomás Antônio Gonzaga continua com sua importância na história da literatura brasileira. Ele é patrono da cadeira número 37 da Academia Brasileira de Letras e seus versos de amor inspiram artistas contemporâneos a produzir quadros, canções e filmes.

Na década de 1960, os Correios homenagearam mulheres brasileiras ilustres em selos: entre eles, foi lançado um suposto retrato da Marília de Dirceu – não da mulher real, Maria Doroteia.

Entre 1969 e 1970 foi ao ar uma telenovela chamada *Dez vidas*, escrita por Ivani Ribeiro e dirigida por Gianfrancesco Guarnieri. Exibida pela extinta TV Excelsior, a história enfocava o mártir da Inconfidência, Tiradentes, e tinha como pano de fundo um triângulo amoroso formado pelos personagens Marília, Dirceu e Carlota.

Pouco depois, o filme *Os inconfidentes* (de Joaquim Pedro de Andrade, 1972) tratou também da Inconfidência Mineira, inspirado nas poesias de Cecília Meireles e dos próprios intelectuais insurgentes.

Capa do filme *Os inconfidentes*.

A história apresentava o escritor Tomás Antônio Gonzaga ao lado de seu par romântico, mais uma vez, a musa Marília.

Dirceu e Marília continuam povoando o imaginário de artistas contemporâneos – como o nosso Tom –, transcendendo a história para se tornar uma verdadeira lenda.

BIBLIOGRAFIA CONSULTADA

GONÇALVES, Adelto. *Gonzaga, um poeta do Iluminismo*. Rio de Janeiro: Nova Fronteira, 1999.

GONZAGA, Tomás Antônio. *Marília de Dirceu*. Edição coordenada por Sérgio Pachá. Rio de Janeiro: Academia Brasileira de Letras, 2001.

_____. *Marília de Dirceu*. Porto Alegre: Leitura XXI, 2002. Introdução e comentários de Luís Augusto Fischer, notas de Eduardo Wolf.

DESCOBRINDO OS CLÁSSICOS

ALUÍSIO AZEVEDO
O CORTIÇO
Dez dias de cortiço, de Ivan Jaf
O MULATO
Longe dos olhos, de Ivan Jaf

CASTRO ALVES
POESIAS
O amigo de Castro Alves, de Moacyr Scliar

EÇA DE QUEIRÓS
O CRIME DO PADRE AMARO
Memórias de um jovem padre, de Álvaro Cardoso Gomes
A CIDADE E AS SERRAS
No alto da serra, de Álvaro Cardoso Gomes
O PRIMO BASÍLIO
A prima de um amigo meu, de Álvaro Cardoso Gomes

EUCLIDES DA CUNHA
OS SERTÕES
O Sertão vai virar mar, de Moacyr Scliar

GIL VICENTE
AUTO DA BARCA DO INFERNO
Auto do busão do inferno, de Álvaro Cardoso Gomes

GREGÓRIO DE MATOS
VIDA E OBRA
Guerra é guerra, de Ivan Jaf

JOAQUIM MANUEL DE MACEDO
A MORENINHA
A Moreninha 2: a missão, de Ivan Jaf

JOSÉ DE ALENCAR
O GUARANI
Câmera na mão, O Guarani no coração, de Moacyr Scliar
SENHORA
Corações partidos, de Luiz Antonio Aguiar
LUCÍOLA
Uma garota bonita, de Luiz Antonio Aguiar

LIMA BARRETO
TRISTE FIM DE POLICARPO QUARESMA
Ataque do Comando P. Q., de Moacyr Scliar

LUÍS DE CAMÕES
OS LUSÍADAS
Por mares há muito navegados, de Álvaro Cardoso Gomes

MACHADO DE ASSIS
RESSURREIÇÃO/A MÃO E A LUVA/HELENA/IAIÁ GARCIA
Amor? Tô fora!, de Luiz Antonio Aguiar
DOM CASMURRO
Dona Casmurra e seu Tigrão, de Ivan Jaf
O ALIENISTA
O mistério da Casa Verde, de Moacyr Scliar
CONTOS
O mundo é dos canários, de Luiz Antonio Aguiar
ESAÚ E JACÓ E MEMORIAL DE AIRES
O tempo que se perde, de Luiz Antonio Aguiar
MEMÓRIAS PÓSTUMAS DE BRÁS CUBAS
O voo do hipopótamo, de Luiz Antonio Aguiar

MANUEL ANTÔNIO DE ALMEIDA
MEMÓRIAS DE UM SARGENTO DE MILÍCIAS
Era no tempo do rei, de Luiz Antonio Aguiar

RAUL POMPEIA
O ATENEU
Onde fica o Ateneu?, de Ivan Jaf